# パートタイム・デスライフ

中原昌也

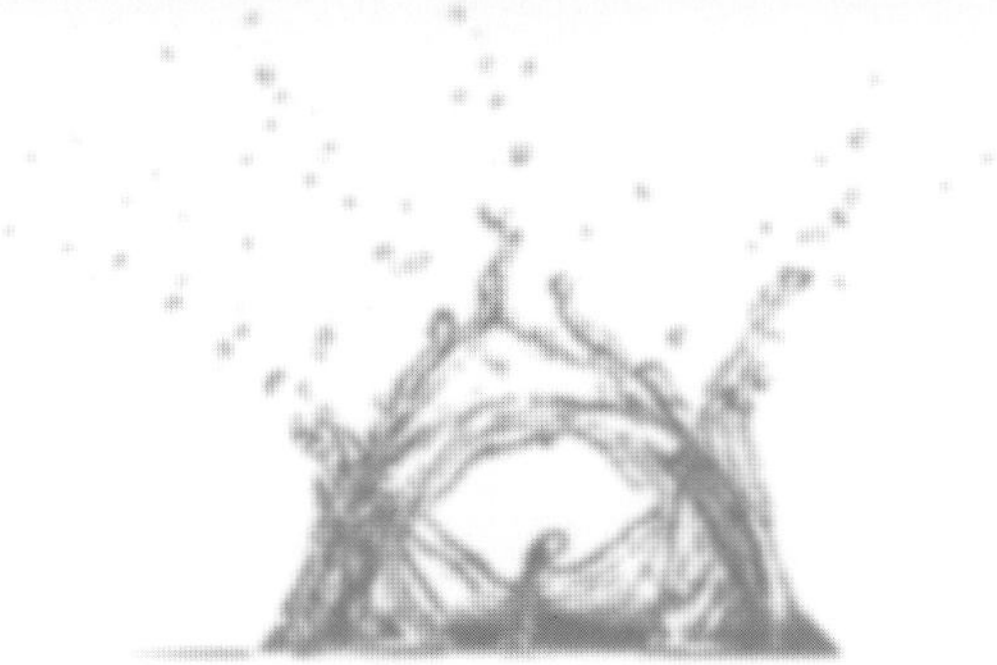

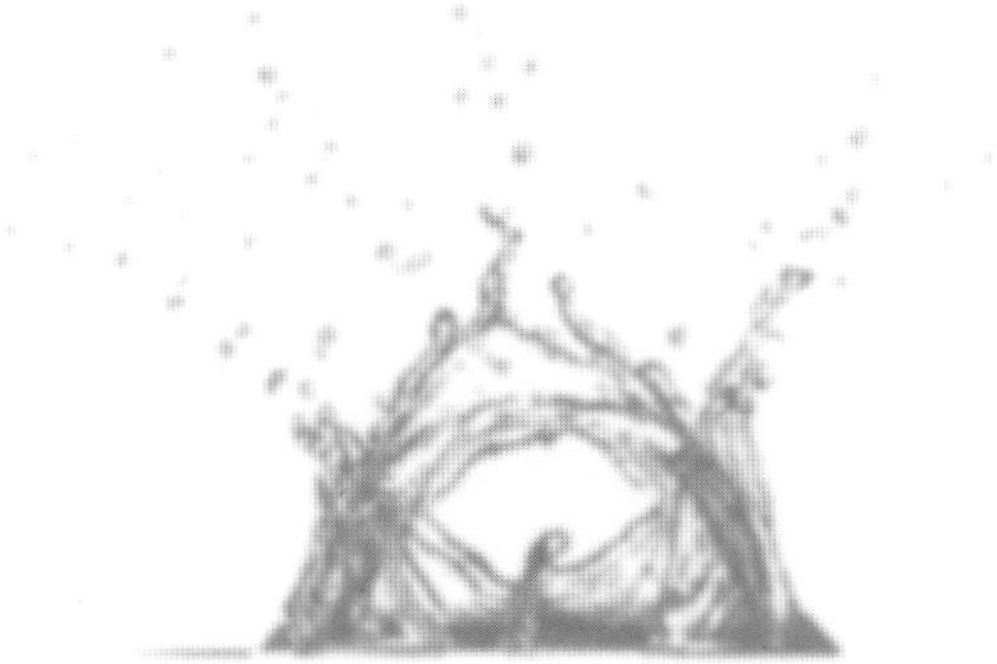

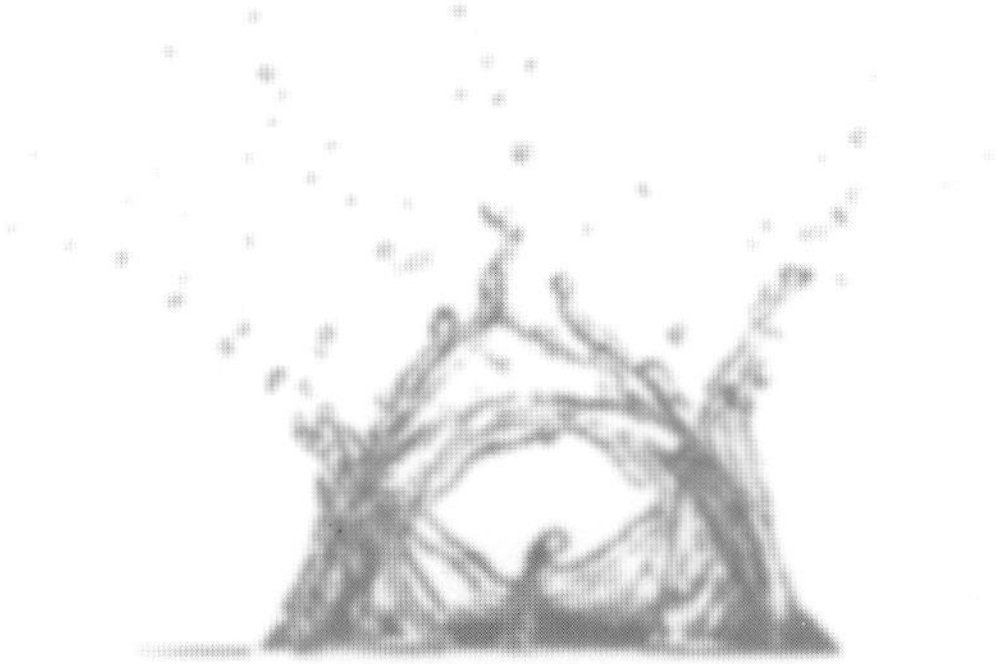

河出書房新社

パートタイム・デスライフ　目次

# パートタイム・デスライフ

# 01

# 教訓は古びない

何度も繰り返し訊かれると、真面目に答えるのが極端に億劫になる。

同じ内容を何度もだ。壊れた自動販売機みたいに。

中には繰り返しだけの単純な作業が、まったく重荷ではない人種がいて、そういう人間を機械扱いする労働状態に何の疑問も呈さず、そのせいで、ますます労働者は人間扱いされなくなるのだ。

機械の轟音《ごうおん》にまみれるのに馴れて、考えるのが面倒になる。そもそも相手から訊かれている内容も、なにを言ってるのか、ちゃんと聞き取れていない状態なのだ。

小馬鹿にするような表情で、黙ったまま。黒々として立派な口ひげが目立つ。

人が何度も同じことを訊かれてイライラしているのを、この男は楽しんでいるのだろうか。

雇用主という立場を利用しての、やりたい放題に過ぎない。

私はいろいろと嫌気がさして、休憩時間でもないのに、勝手に持ち場を離れた。我慢ならなかった。それでもいままで操作していた機械は、仕事の続きをしばらくは人間が誰も操作しなくても、ひとりでにしてくれるので安心だった。一年間の操業パターンを曜日や休日ごとに設定した動作モードで制御できるし、そのモードは驚くべき事に最大八つまで設定を記憶させることが可能だった。ほかに特例日や固定休日、振替休日の設定など、労働者の出勤状況にあった細かな設定が行えた。

スケジュールなどすべての設定変更は、中央センターから行う。急な設定変更などもネット回線を介して可能。内部時計も通報のたびにセンターの時計と同期するので、常に正確な時間での稼動がよりスムーズにできる。自動制御に絶対欠かせない音声ガイダンスも、標準で組込まれている。各種スピーカーを接続するだけで「予告ガイダンス」「告知ガイダンス」「停電発生」「シャッター下降」など四種類の音声を自在な音量や音程、男声あるいは女声で流すことができる。勿論、オリジナルの音声メッセージの作成も、中央センター最下部の簡易録音スタジオで行えるし、プロのアナウンサーやお好みの声優を呼んでの収録も、都合さえつけば可能である。

センターでの管理のすべては、その雇用主の男の手に委ねられていた。

設定内容をCFカードに記憶させ、他の自動コントロール装置にコピーすることも、直接オンラインでは不可能な本装置への設定書き込みも、バックアップを保存するのも、最終的には彼の了解が必要だった。オンライン・セキュリティシステムに関するすべての設定や情報処理を一手に担う彼は、中核としての存在と呼ぶに相応しい。

現在までに培われた様々なノウハウの基礎をＭＩＴ（マサチューセッツ工科大学）留学時代

に研究し、より効率的で使いやすい監視システムを構築したり、オンライン・セキュリティシステムを利用する顧客に対して、勤務先や自宅のＰＣから現状の確認や月報のダウンロード、携帯端末へのメール送信などのサービス提供を誰よりも最初に行ったのは、雇用主の彼だ。「点検発報機能」「特別機動隊連携機能」「オンライン・バックアップ機能」「社内セミナーの強制参加モード」など監視業務を完全サポートする機能システムまでもが、ほぼ全部彼の手柄だといえよう。

支配的な好色の笑みから逃げ去るように、私は屋外へと向かう。機械の放つ高圧的な轟音からも、次第に解放される。

先ほどまでとは対照的な田園風景が広がって、誰がいつの時代に作曲演奏したものかもうろ覚えなバロック調の音楽の断片が、心の中で流れる。

ここへは出勤に一見相応しくない、カラフルな塗装のマイクロバスに乗って来た。新宿駅前のスバルビル前に、早朝六時に集合。始終、耳障りなまでに派手なヒット曲が、輪郭だけが印象に残るように、非常に小さなボリュームで流れていたのだ。勿論、私は流行の音楽などに疎い方だから、誰の何という曲なのか、一切わかるはずがなかった。

途中で職場を無断で離れた私に、帰りのバスに乗る資格は恐らくないだろう。出発の際、軍隊仕込みの雄々しい点呼を取り、さらに最新の端末を駆使して詳細なまでに出勤者を管理していたのを思い出すと、さらにあり得ないという気分になった。

乗車する際、運転手の脇に設置された、いままで見た事のない特別な機械に指をかざして、指紋など様々な個人認証を徹底して読み取らせていた。同じ指紋はひとつとして存在しないため、誰かが記録を改ざんすることはできないようになっている。しかも、乗車時には静脈認証まで行う。指紋と同じく、人間の静脈パターンは人によって異なり、正確に個人を識別することができる。静脈パターンとは、簡単に言えば、静脈の模様のようなもの。静脈認証の場合、機械に手を触れることなく認証ができるので、機械に触れるときの心理的な抵抗を軽減することが可能である。指紋認証、静脈認証のさらに上を行く、両方の機能が登載された勤怠管理システムも完備。指紋認証と静脈認証それぞれにおいて、指の乾燥や手先の冷えなどが起こっている場合に、認証が困難となることもあるが、それらを解決するのに登場したのが、このシステムだ。それに加えて、各自のスマートフォンからインターネットに接続し、打刻を強制的に行わせる。携帯電話にはGPSが搭載されているため、どこから打刻したのかが一目瞭然となる。不正打刻の可能性は大幅に減る。スマートフォンの打刻画面に、パスワードを入力し打刻する。スマートフォンを持っていれば利用することができ、タイムカードなどの機器を置くスペースが不要となる。これでうまい具合に、打刻の手間もかからずに済む。

あの男の開発したシステムのお陰で、管理部門は、データの面倒な入力作業をする必要がなくなった。これまでは、タイムカードに打刻されていたデータを手作業でパソコンに移行させていたが、この作業時間をまるごと削ることができるようになったのだ。

それだけに留まらず、集計業務の自動化も可能となった。会社では、全員が同じ就業形態で働いているわけではなく、正社員やパート、社内清掃、短期就業など様々なカテゴリーがある。管理部門はそれを完璧なまでに正確に把握し、それぞれに合った給与計算をする必要があった。

最新の勤怠管理システムでは、従業員を就業形態ごとに分類し、個々人に合わせた変形労働を細かく設定することが、従来とは違って可能になった。打刻されると同時に、自動でその設定に合った計算が瞬時に行われるのだ。そして演算によって、あらかじめ不正打刻をする可能性のある社員を、簡単に割り出せる。

勿論、SF映画に出てきそうな機械による、恐ろしい警告機能もある。中世の処刑装置を思わせるそれは、普段天井裏などに巧妙に隠されている。例えば、従業員の種別ごとに所定時間や不快に感じさせる周波数を定め、勤務時間がそれを超過すれば即刻激しいシグナルで警告するように設定できる。

これは、一日から月単位まで自由に決定することができ、厳しい拷問音から電子楽器による壮麗なファンファーレなど、社員ごとに柔軟に対応することが可能となっている。この辺りの技術は、まさにMIT留学時代の研究努力の賜物であろう。

この技術革新によって、あの男は、社員の行き過ぎた残業を容易に把握することができるようになった。そして、残業を減らすための施策を他に先んじて考案し、導入することで、想定されるあらゆるリスクを、結果的に事前に防いだ。

ゆくゆくは社内恋愛だけでなく社員一人一人の性生活までもが、管理の対象となることが、雇用主である男の意向で、決定した。それによってロッカールームやトイレに監視カメラが備え付けられたのも記憶に新しいし、排泄時間を短縮するための研究で、社員数名を使って臨床実験まで行った。外部装置によって尿意を最小限から最大限まで自在にコントロールすることに成功し、実験台に志願した勇気ある被験者たちを讃え、彼らのグループを「モットーモルズ」と命名した（モルモットが「もっと漏る」「管理されてから漏れるのがモットー」の意）。

日本各地や海外に拠点を持つこの会社は、最新の勤怠管理システムを利用することで、それらの支店すべての従業員の勤務状況の逐一を、出先からでも一括管理することができる。また海外であれば、エリアによって時差が生じるが、遠隔操作を行うことで容易に一元管理ができるようになった。

あんなところで働いている人たちは、どれだけ管理されるのが好きなのかと、思わず感心しないではおれなかった。

そうこうしているうちに、私は今朝職場へ向かう途中にバスで通過したと思われる、小さな街に徒歩で到着した。映画やテレビドラマに登場する、いかにも絵に描いたような寂れた街といった風情だった。だが実際訪れてみると、限りなく廃墟に近かった。人が生活していると思われる比較的外観の保たれた一軒の家を訪ねてみると、少し力を入れてドアを叩いた途端、その軽い振動で激しく軋《きし》み始め、たちまち玄関は完全に崩れ落ちて瓦礫《がれき》と化する始末。街の深部へ進むにつれ、寂れ具合は深刻になる。まともなリフォーム業者さえひとりでもここにいれば、と悔しさがこみ上げる。キッチンや浴室、風呂、トイレ、外壁、屋根などのリフォームについて、戸建、マンション別におよそいくら位かかるのか？の疑問に即答できる人物。それだけに留まらず洗面化粧室、リビング、寝室、窓まわり、玄関まわり、門まわり、塀、フェンス、駐車場、庭、ベランダ、バルコニー、太陽光発電、外壁、屋根の修復に最適なリフォームプランを、はっきりと依頼主にわかりやすい図を用いて説明し、自信を持って快適な暮らしを完璧にサポートする人材さえいれば、こうしてこの街も廃墟同然の憂き目を見ずに済んだはずだった。良質なリノベーションを提供しようと、少しでも努力する気骨のある奴などひとりもいなかったようだ。思わず呆《あき》れる。明らかに、この街の悲劇がそこにあった。住人のすべてがリフォームの専門家になればいい、という極端な話ではない。住宅の耐震性を高める補強工事により、孫と一緒に安心して暮らせる二世帯住宅に住む家族の命や、長年にわたって築き上げた巨額の財産を守るために耐震性を強化、高齢化などに伴って身体機能が低下しても、できる限り自立した生活を続けられるようにするバリアフリーに配慮した設計、住宅の断熱性や気密性を高め、窓や壁などからの冷気を遮断するなど、リフォーム業者のやるべき仕事は、私のような素人が指摘するまでもなく、山のようにあるのだ。だが、そんな業者がひとりもいないのであれば、たちまち街は脆《もろ》くも廃墟と化す。どんな時代に於《お》いても、教訓は古びることはない……それは逃れられない宿命のようなものだった。

# 存在そのもの

就寝中に何となく見たのは、そんな夢だった……実際の私には、資料を見て調べてもらえば判るが、工場労働をしていた過去などない。なのに脳内の知らない部分によって偽造されたディテールだけが、結果的にボンヤリと印象に残った。

私は呆然《ぼうぜん》として佇んだまま、細部を反芻《はんすう》した。

相変わらず、外部を包んでいる透明な空気が、氷のように記憶の襞《ひだ》を刺激し続けた。特に心地よい感覚とはいえず、だからといって他の何も選択できない状況だった。

いまや自分は完全なる盲人であり、聴覚でさえも奪われた。自分が暗闇の無音空間で、直立したままなのか、横になっているのかさえ判っていない始末。少なくとも、首を支える枕などの存在は感じられなかったが、だからといって立ち尽くした徒労感などもない。

後戻りできない闇の奥底で、大声で叫びたい欲求に一瞬駆られるが、いったいどんな内容の言葉を口にすればいいのか、即座に思い浮かばずにいた。何を誰に伝えたいのか、目の前に誰もいない環境で、特に誰かに伝えたいことも持ち合わせてはいなかった。

もし私が突発的にここで叫んでも、所詮は言葉にならない、単なる野性の雄叫《おたけ》び。鬱蒼としたジャングルの中では、動物たちを威嚇するためにも必要ではあろう。だが、都会の中ではちょっとした緊迫を産むだけで、時と場所によっては近隣住民に警察を呼ばれるような苦情への謝罪を求められる。

よくよく考えてみれば、ここが都会のど真ん中である証拠すらない。

闇の中で、黒い光が緩やかに放たれていた。映画館のような場所で、私は何も投射されていないスクリーンを、ただ黙って眺めているだけのような真空状態。この劇場内に設置された売店では、どのような菓子や飲み物を売っていたのか、残念ながら覚えていない。

数少ない記憶は、どれも苦心して思い出す価値のない時間ばかりで、それらが何の目的もなくフラリと立ち寄ってしまったストアーの棚のように丁寧に陳列されている。これらの商品を、いったい誰が賞味期限になる前に買い求めるのだろうか、と心配にすらなった。

最重要な記憶へと辿るための関連事項が、洪水のように迫る。単なる比喩ではなく、実際の洪水に遭遇したような、一種のパニック状態。

水は人間の生活にとって必要なもののひとつであるが、波が民家を流し去るほどでは多すぎて困るのだ。当然、苦情の対象となり、賠償請求の可能性も。

そういえば私は以前から、誰かから突然起訴されるのだけを、ひたすら恐れて生きてきた人生だったと、いまなら躊躇《ちゆうちよ》なく告白できる。

様々な人間との軋轢《あつれき》が、普段から物陰に潜んでいるかのように、息を殺して佇んでいるのが思い浮かぶ。ちょっとした都会ならではの恐怖だ。躓《つまず》いて、道路の植え込みに片足を踏み入れただけで、待ってましたとばかりに受難は勢いよく襲いかかる。それらに怯《おび》えながら細心の注意を払って生きるにも、神経を使い過ぎて、歩行中に却《かえ》ってうっかり躓いてしまう可能性さえ。もはや余計なものに気を配っている余裕はない。感覚だけは、過剰に研ぎすまされていくのが目に見える。

ふと立ち寄った喫茶店で聴かれるような、有線放送の担当者の無意識下で選曲された、当たり障りのないムード音楽の断片は、もはやどんな気分も惹《ひ》き起こさなかったので、放送は見事なまでに瞬時に廃れたようだ。工場でも常に流れていたが、機械の轟音にかき消されて、われわれの耳には届かないのだ。

NHKの科学番組でかつて、そういう類いの実験を観た記憶。様々な人間の残留した意識が、都市を離れ、長閑な田園風景へと移行する気儘《きまま》さを獲得する恐れが、我が国で最も優秀と海外から賞賛された番組ディレクターの探究心に火をつけたのだ。

森林から山、谷から湖のほとりまで、どこの誰のものとも判然としない意識が、美しい風景に誘われて、無色透明な旅を人知れず繰り広げる。誰も気がつかない。交通費など誰にも請求できない。もはや都市はその利便性を剝奪され、長い時間をかけて凡庸な田園風景に成り下がる現象すら報告される始末。

可能な限り低速で再生されたカントリーソングの中のアコースティックギターの響きが、行き場所もなくて、何者かのかつての意識と同じように、また残留。決して美しくないタペストリーが織りなす、汚泥の記憶。過剰な悔恨を掻《か》き消すかのように、馬が雄叫びを上げ、満を持しての登場。だが、実際には焦《じ》らしが過ぎて、見学者たちはすべて去った後だったのである。

それでまた悔恨が悔恨を呼び、いつしか悔恨が悔恨ですらなくなる瞬間も。


例の実験番組を観たのは自分の他にも誰かいて、NHKにリクエストを求める声がぞくぞくと全国から寄せられる。番組の中で紹介された、地道な定点観測によって作成されたグラフの、妙に記憶に残るCGの動きだけでもまた観たいという老人もいた。そんな酔狂なリクエストであっても、拾い上げる局の姿勢は評価に値するもの。

お膳立ては整った。当時の担当ディレクターがようやく重い腰を上げた。だが、再放送の為に必要な、肝心のビデオテープだけが見つからない。さてどこに?

私は実家に帰り、家の物置を探しまくったらエアチェックしたビデオが出てきた。カビが生えてたので顕微鏡でカビを見たような映像しか見れないかも……と思ったがなんとか見れた。ちょっと映像が乱れて見にくいところもあった。環境問題や、人間のあり方をさりげなく風刺していて考えさせられる。今の時代の子供や大人に是非見てほしいと、思った。

ディレクターの方では、渋谷の放送センターでマスターテープを探したが見つからず、結局は川口の保管庫の中で発見した。ここは渋谷に比べて、試写のスペースが広くとれるので、発掘されたテープやフィルムをあちこちに分散させずに置いておける。ただ、辺鄙《へんぴ》なところにあり、都心から遠いのがちょっと難点。

だが、最終的にはガッカリさせられる結果に。番組名が記載された箱の中身は空。

現存しないNHKの子会社の人間が十年以上前に、テープを持ち去ったまま、返却されていないと帳簿に記載されている。いまも所有しているか確認しようとしたが、そもそも、持ち去ったとされる、その人物の行方が不明であるのだ。

箱の記載を見て判明したのは、すべてモノクロで収録されていたこと。

番組そのものはカラーで撮影されたが、このテープではモノクロ。

当時のビデオデッキは、テレビにつないで、テレビのブラウン管に映ったものを直接録画する方式。録画に使ったテレビが白黒テレビだと、テープがカラー収録に対応していても録画はモノクロになってしまう。放送年当時のカラーテレビの普及率を調べたら、全国平均で約二六%という状況。まあ、無理からぬこと。それにしても惜しい。

どうしても、再放送したい。

それが不可能なら常設展示として、どこかで半永久的に見れるようにしたいというディレクターの提案が制作会議に出された。著作権的な話は少し複雑なので、要点だけ説明すると、番組の映像を局以外の番組などで放送する場合は、出演者や脚本家、音楽家など、番組の著作権に関わる人々へ許諾を取る必要があるのだ。

「このビデオの空箱だけ、映画館などの入場料を支払う窓口の手前のスペースで展示してもらうのは無理だろうか？」

「箱の一部分だけを展示して、許諾が必要な個人や団体を無視するのはどうか？」

「いや、権利関係だけはクリアーにしなければ……」

関係者たちも少し焦りだしたところに、吉報が入った。

とある個人から寄贈された、倉庫の奥の方に眠っていたというVHSテープ約七〇〇本が日の目を見ることになったのである。一九七九年〜八四年ごろの番組が収録されており、そのすべてが、医者をしていた提供者の父親が、当時一般家庭に普及していなかった業務用ビデオデッキで生前、録画したもの。テープの種類は「2インチテープ」。再生できる機械は、すでにこの世にない。放送博物館には2インチテープのビデオレコーダーが展示されていたが、これは五年ほど前に動かなくなった、いわば骨董品。シンガポールには、いまだ起動するものが現存するという噂もないわけではなかったが……。

さて、どうしたものかと途方に暮れたまま、暫《しばら》くすると七〇〇本ほどのテープは、遺族から寄贈されたものであったにもかかわらず、事情のわからぬ職員のせいで自動的に廃棄処分となってしまった。

川口の保管庫で発見された箱を何度確認してもビデオテープはなかったが、そこにはきっと目に見えない映像が何らかの形で残留しており、それを特殊な方法で抽出してデータ化できないものだろうか、という大胆かつ画期的な案がスタッフから出された。技術的に可能かはさておき、なかなか興味深いアイデアではあった。

不可視のものを可視化させようとすることは、存在しないものを無理やり存在させようとすることでもなければ、都会に生息するはずのない動物を下手にハリボテ化するようなことでも決してないのだから。

もはや選択肢は残されていなかった。早速、箱に残留していた黒い粉のような物質を、精密機器による細心の配慮で丁寧に採取。そこに映像の断片が残っているとは、現場にいた誰もが必ずしも信じていたわけではなかったが、あたかも亡くなった人物の遺骨を骨壺へと収納する儀式のような壮麗さだけは、かろうじて感じられた。

巨大コンピューターによる映像の解析が始まると、大勢のスタッフがモニターを見守る中、ディレクター本人だけは、失われた担当番組を取り戻すために、最後に残ったこの黒い粉に望みを託し、これを貴重な物質と信じるのを止めなかった。

ようやく長い夢から目覚めた私は、自分が見慣れた床の上の天井が現実のものであるとは、なかなか信じられなかった。テレビのチャンネルを変えるかの如く、起きたときにはかつてとはまったく別の人間になっている、という輪廻転生のような現象も、未来永劫起こり得ない保証などどこにあるのだろうか、とも疑ってみた。

ベッドから起き上がり、ようやく平衡感覚を取り戻したのを自覚した。

視力も聴力も失われたはずだった。現実でなかった幸福を、心の中で反芻しながら、私は一本のタバコを咥《くわ》え、火を点けた。手元に見覚えのある寝間着の袖口を確認した瞬間、安堵さえ訪れた。だが、完全なる安心はできない。

地味な寝間着のまま神妙な表情で、紙に包まれた草に炎の生命を宿さんとばかりに息を吸い込む私の孤独な姿が、そのまま全国のテレビで放送されていれば、きっと多くの人々から同情と同時に失笑をかったに違いない。無論、虫の居所の悪い視聴者からは、怒りの念も送られてくるであろう。

煙と共に様々な事象や、目の前に存在してはいない人々の思いが一挙に出現して、自分の頭上に昇っては消えていくのが感じられた。自ら進んで消失していく瞬間を、私の脳に刻印せんばかりに身を委ねて昇天する。私はその姿をいちいち確認せずとも、柔らかな優しい気持ちで意識する。

だが、結局は何も残りはしなかった。

かつて存在したものを疑う以前に、それらの存在そのものをすでに忘却。

# 03 備えがあれば……

夢も見ずに、ひたすら寝床で目を瞑《つぶ》って、ボンヤリと考えていただけだ。

瞼《まぶた》の裏に、目を開けた状態で見える天井が映る。これでは目を瞑っても瞑っていなくても同じだった。

現在の時刻が何時なのか、わざわざ起き上がって、時計を見る気にもなれなかった。

瞼を閉じているのか、いないのかさえ認識できていない状態が、いつまで続くのかわからない。自分が自分の意志で起き上がれるのか、ということさえ確信が持てず……だからといって自分の意志で動けない状態であるという自覚を否定すると、あたかも現状認識に欠けた人間であるのを認めることになってしまう。

やがて薄らと見えていた天井がだんだんと透け始めて、夜空の星たちのきらめきが視界を覆う。簡易プラネタリウム状態。流れ星を何度も発見する。宇宙空間に、自分が溶け込んでいく手応えを感じる。

最初は宇宙の神秘に、ただただ圧倒されるだけだったが、やがて星々が広大な虚空に存在しているのではなく、ただの黒いカーテンに虫食い穴が点在しているのを見つめているだけと感じられ始めた。

自分はどこに向かおうとしているのだろうか……宇宙の気流に乗せられて、虫食い穴のひとつに、やがて吸い込まれるような錯覚に陥る。他の惑星で強要される生活習慣に、違和感や不満を覚えない自信はない……地球上のあらゆる生活様式には、それなりの知識と理解があり、それぞれの政治や思想にも対応できるはずではあるが、その惑星に空気があるという確証もないのに、安易に訪れるのは危険だと思う。このくらいの判断は、いくら半眠状態にあっても、私は咄嗟《とっさ》にできる。

地球以外の惑星。行ったことのない世界について、考えるのはなかなか難しい。

たまたま知的生命体が存在していたとすれば、それが人の体を成しておらず、例えば液体のようなものでないという保証もない。彼らは我々と違って音声などで表す言葉など有しておらず、テレパシーのような抽象的なものでコミュニケーションをはかるのかもしれない。我々にはテレパシーを傍受する機能もなければ、受けたとしてもそれを言語化する知識もない。同じ次元に存在してもいないので、互いを知覚するのも難しい。

液体星人は、特に自分の意志で移動もせず、最初からずっと同じ場所ばかりに留まっている。それでも遥かに地球人よりも豊かな文明を持っているのは明確だ……というか、その文明では個人も団体も、何も所有していないせいで、特に争いの形跡も認められない。

やがて到着した惑星の、薄暗い殺風景な部屋に自分はいた。外気が口の中に入り、嫌な後味を残したままだった。地味な壁紙ばかりが、やけに印象的。

特に椅子は用意されていなかった。だから、しばらくは立ちっぱなし。部屋の壁に当たる風の音が、団体の女性のすすり泣きの合唱に聞こえる。

誰の所有する部屋ともわからない場所で休息しようかと考えたが、すぐにまた外に出て、この惑星の状況を把握しようとした。

口の中は、相変わらず不味い味がしていた。健康にもかなり悪そうだ。深刻ではないが、何だか吐き気もしてきた。

外の光景は一面がオレンジ色で、蜃気楼《しんきろう》のような歪みも時折感じるが、不思議と遠近感に乏しく、ペンキが塗られた壁を間近で見つめているような気分になる。だから、一歩も先に進もうとは思わない。進むのは不可能で、その努力も徒労に感じられた。

私はここ以外のどこかに移動するのは困難であると即座に判断し、部屋に戻って横になった。というか、それ以外なす術がなかったのも事実である。

コンクリート製の冷たい床で寝るのは、苦痛といえば苦痛だった。せめて寝袋があれば、いくらかはマシになったであろう。

いつか寝袋を購入しようと、真剣に考えた時期があった。現在から考えれば、それがどれだけ本気だったのか、振り返るのは不可能だが、それは冬の寒さを極めた時期だった。

通販サイトなどを長時間にわたって眺め続け、様々な種類の商品をカゴに入れ、何度も取り消しては、また同じ商品をカゴに入れたのは事実である。機能性に欠けるだとか、素人目に見ても通気性に問題ありとか、デザインに難ありだとか、メーカーが第三世界の労働者を搾取しているだとか、理由は多々あった。

だが、単に購入しない理由を見つけているだけなのかもと気がつき、気合いを入れ、すぐにでも絶対に購入するぞ！と心に誓った。

結局のところ、私は現在に至るまで、ひとつの寝袋も入手できてはいない。

縁がない、といえばそれまでだが、正真正銘の寝袋はおろか、寝袋的な役割を果たしそうなものや、無理すれば寝袋的な使用が可能であるようなものや、寝袋とは呼べそうにないものをいくつか繋ぎ合わせて寝袋的に使えるものなどを含め、何ら所有してはいなかったのだった。

とはいえ誰の目からも、一見して寝袋だと判断できる旧態依然な商品は、現在なかなか入手が困難であるという事情も絡んでいて、自分のように寝具の類いに寝袋というものを即座に分類できない人間にとって、もはやどれが寝袋でどれが寝袋でないか、判断するのは難しい。

寝袋についての昨今の事情に疎い人たちは、現在の寝袋のフォルムが以前の寝袋とはまったく異なるのを知ってはいないだろう。それどころか、最新の寝袋の前を通り過ぎてもまったく気がつかず、本来ならば寝袋を購入したいと考えている人間であっても結局は何も手にすることができず仕方なく帰宅するだろう。

せっかく寝袋があるのに、それを使用せず、雪山などで凍えながら眠れぬまま朝を迎える登山者があってはならない。

しかし、現在の寝袋はかつてのかさ張るものとは違って、えらく機能的でコンパクトになっていた。寝袋についての昨今の事情に疎い人たちは、現在の寝袋の姿が以前の寝袋とはあまりにも異なっているので、驚くだろう。それどころか、最新の寝袋が目立つ場所に展示されているにもかかわらず、前を通り過ぎてもまったく気がつかず、本来ならば寝袋を購入したいと考えている人間であっても、結局は何も手にすることができず仕方なく手ぶらで帰宅する（他に買うべきものがなければ）だろう。

それでもいつか寝袋を購入しようと、真剣に考えた時期があった記憶だけはある。現在から考えれば、それがどれだけ本気だったのか、振り返るのは不可能だが、それは冬の寒さを極めた辛い時期だった。

通販サイトなどを長時間にわたって眺め続け、様々な種類の商品をカゴに入れ、何度も取り消しては、また同じ商品をカゴに入れたのは事実である。機能性に欠けるだとか、素人目に見ても通気性に問題ありとか、デザインに難ありだとか、メーカーが第三世界の労働者を搾取しているだとか、理由は多々あった。

だが、それは単に購入しない理由を見つけているだけなのかもと気がつき、気合いを入れ、すぐにでも絶対に購入するぞ！と心に誓った。

しかし、いざ寝袋たちを直接販売していると広告に謳《うた》っているような店に行くと、どれも一見して寝袋だと、素人の自分でもわかる商品がないのである。

そういった店に限って、店員は忙しく、私のように見るからに野宿経験の浅そうな客など相手にはしてくれない。

やっと店員と会話ができた。いかにも寝袋とわかりやすい商品が、あまりにもなさ過ぎると、当初抗議とも取れるような挑発的な態度で話しかけた。

「いいや、そういう商品をウチでも扱ってないわけじゃないんです」

「どういうことなんです？　何故店頭にはないのですか？」

「いやあ、寧《むし》ろいかにも寝袋らしい商品は売れ筋で、寝袋をお求めでいらっしゃるお客さんは全員、そういうタイプのものをこぞって購入されるので、入荷してもすぐに売り切れてしまうのです」

レジで会計を済ませ、包装紙によって覆い隠された寝袋らしき物体を手にした中年男性が店を出ようとしている様子を、店員が指さす。

「あのお客さんは、誰が見てもいかにも寝袋というオールドタイプの商品を買っていかれました」

それまでは「最新の寝袋が従来型の寝袋に見えなくて何が悪い」と思って、それが寝袋らしからぬフォルムであっても購入する気まんまんであったのだが、何だか自らの中で変化を感じずにはいられなかった。

けれど結局、寝袋の購入にはいまだ至っていない。

実際に手に入れるまでの道のりを、これほどまでに遠く感じた瞬間はなかった。

地球から遠く離れた惑星の、誰のものともわからぬ地味な部屋の床で、直接寝袋なしで寝なければならない。実際に横になってみると、コンクリート製と思われる床は、想像以上に底冷えがした。心の底から凍り付くような辛さだ。

私は震えながら、何とか眠りの世界に誘われるよう、祈りに近いため息を深くついた。

白い息が、機関車が過ぎ去った後のようにモクモクと吹き出る。あまりに大量の煙なので、自分が本当に工場の煙突になったような気分になって、笑ってしまいたくもなる。

氷の上で寝ているような、身を切られる痛みを避けることなく、一層床と背中を貼り付けた。やがて床からじんわりと、水のようなものが滲みだしてきて、私の体温を奪っているような気がしてきた。

この惑星の住人である、液体人間が徐々にその姿を現し始めたようである。

寝袋があれば、この寒さを簡単にしのげる筈だった。

デザインの見た目などに拘《こだわ》っていなければ、いつでも手に入れるチャンスがあった。それをいつまでも、粘って、より安くていいものをと欲張った挙げ句、まさに寝袋の出番というときがやってきたのに……人生の中でも、このような瞬間は滅多にない。

現在の寝袋はかつてのかさ張るものとは違って、えらく機能的でファッショナブル、かつコンパクトなものが主流になっている。寝袋についての昨今の事情に疎い人たちは、現在の寝袋の姿が以前の寝袋のイメージとはあまりにも異なっているので、大変に驚くことだろう。特に家族でのキャンプなどが盛んだった、以前のレジャーブームを知っている世代であればなおさらだ。

先日も駅前のアウトドアショップで、最新の寝袋が目立つショーウィンドーに、最新のスキーウェアーを身に纏《まと》った男女のマネキンと共に展示されていたにもかかわらず、前を通り過ぎてもまったく気がつかず、本来ならば寝袋を即購入したいと考えている自分であっても、結局は何も手にすることができず仕方なく手ぶらで帰宅した……他に買うべきものがなかったからだ。

それでもいつか寝袋を購入しようと、帰宅までの道すがら真剣に考えた。現在から考えれば、それがどれだけ本気だったのか、振り返るのは不可能だが、それは冬の寒さを極めた辛い時期の話で、この惑星での過酷な状況は酷似というよりも、それを遥かに凌《しの》ぐものであったので、いま後悔の念はとても強い。

いつぞや観た、高名な探検家のドキュメンタリーで、その探検家がインタヴューに応えた言葉が何度も脳裏にリフレインされる。

「備えあれば、患《うれい》なし」と。

# 04 いつの間にか定着

いつも瞼の裏に、目を開けた状態で見える天井が映る。

さらに天井が透けて星空が見える、などというような素敵なこともない。

これでは目を瞑っても瞑っていなくても同じだと考えながら、眠りに落ちることがないまま、夢などまったく見ず、夜中の間中ずっと寝床で目を瞑って、ボンヤリと考えていただけで朝を迎えてしまった。その途中で、生きているのか死んでいるのか判然としない現在の時刻が、いったい何時なのか、わざわざ時計を見る気にもなれなかった。

昼近くになっても、自分の瞼を閉じているのか、いないのかさえ認識できていない状態が続いた。こういう状態が続けば精神が保たれないのではないか、と心配になった。

いつも寝てばかりなので、今日は外の鳥達のさえずりに起こされて、ベッドから抜け出した。

そして何故だか寝床から出た瞬間、やけに車を運転したい気分になっていたのだ。ハンドルを握って、自動車と心を通わす。自分がいつもの自分ではない気分。

「レンタカーで軽井沢まで行きたい」

私は本心でそう思っているのか自信のないまま、呟いていた。

さっきまで横になっていたベッドに然程離れてはいないソファの上で、自分にしては珍しく段取りが良いことにほくそ笑んだ。

このときの為になのかはわからないが、数か月前に車の免許を、長い時間をかけて教習所に通って予《あらかじ》め取得していたのだ。残念ながら自家用車は所有していなかったが、近所のレンタカー屋で車を借りて軽井沢に行く分には、何の問題もない。

実際には、「レンタカーで軽井沢まで行きたい」というような具体的なことは口走っていなかったかもしれない。だが、自分の声を録音したわけでもなく、まして側にいて聴いていたと証言する人間がいるわけでもない。

軽井沢に特に何かがある、というわけではなさそうだった。結構な時間を費やし、考えてみたけれど、自分にはいままで軽井沢という場所には何の縁もなさそうだった。だが、いつの間にか、目の前には旅行代理店が発行した「軽井沢への誘い」という、ちょっとした小冊子があり、手を伸ばせば、確実にその中に書かれた文章を読むことができた。

「軽井沢への誘い」

私はそれを口に出して読むことが、実際にできた。

「軽井沢への誘い」

もう一度、私はその表題を口にした。特に読み上げたい気分でもなかったが、自分の意思とは異なることを行えば、即座にいつもの自分ではない気分が十二分に味わえた。

しかし、もう二度とそれを読み上げることはないだろう。その理由のない確信だけは十分にあった。その程度の強いものがあれば、確信するに足る。

タバコを吸う習慣などないのに、その小冊子の脇にライターが置いてあった。

私は白いライターの上に印字されたカラフルな文字を、特に誰に頼まれたわけでもないのに、丁寧に読み上げた。

「スナック　ナポリ」

いかにもイタリア料理を出す、ちょっとした居酒屋を想像させた。表面的には、見覚えのないライターがここにあることに、まったく問題はない。無料でもらうビジネスカード代わりのマッチやライターの類いは、どこの家庭でも常にそういうものだ。

しかし、私個人がそのようなスナックに行った記憶がまるでないのを、じっくり考えるのが恐かったのもあり、細かいことは考えないに越したことはない。

あたかももう一人の自分がいて、足繁く通い詰め、おまけに身に覚えのない請求書までやがて送られるのを想像して、まるで生きた心地がしなかった。もうひとりの自分が「スナックナポリ」で飲み食いする時間だけが本物で、現実に起きていると思われるそういった事象を、なるべく自分の感傷などを反映させないで記述している自分など、何の価値もないように思えてきた。

ライターには住所だけでなく、電話番号、そしてホームページまで記載されていた。住所は茨城の、聞いたこともない土地。いまのいままで、そのような場所があるのを知らなかったのだ。

いてもたってもいられなくなり、私はいま座っているソファから然程離れていない机の上のパソコンで、思わず「スナック　ナポリ」のホームページにアクセスした。

「Not Found」

残念ながら、サイトには繫がらなかった。私に、妙な安堵が訪れた。しかし、再び精神に不安が訪れるのに時間はかからなかった。

単にホームページを目にすることができなかっただけで、現実に「スナック　ナポリ」は存在する。事実が次第に、さしたる確証もないまま肥大化して、抗することのできない大きな闇として私を飲み込もうとしていた。

「ナポリ、ナポリ、ナポリ……」

呟く声を次第に大きくしていけば、あたかも目の前に立ちはだかる障害が次々と消え、グングンとナポリが近くにやってくるような錯覚に襲われた。

「スナック　ナポリ」に何があるのか？　ちょっとした料理を出すイタリアン居酒屋であること以外に。ちょっとした和風の味付けの料理も多少はあると想像できるのだが（それこそ日本人しか知らず、食べもしないナポリタンのような）、それ自体に何の支障もない。

いくらそれが知りたくなったとしても、私はそこを、決して訪れはしないだろう。私が不在なまま、「スナック　ナポリ」は存在し続ける。特に何の問題もない。

ホームページの記録を抹消し、営業日の開店時間になっても、鍵は閉められたまま、店内の明かりが灯ることはない。店主や従業員が、来る日も来る日も息を殺して厨房に潜む。気分はナチス占領下のアンネ・フランク一家のようだ……しかし、彼らは何者かに追われているわけではないから、身の危険を感じることなく、もはや何の問題もない。

だが内心、釈然としないものがこみ上げ、私は再び机の上のパソコンで「スナック　ナポリ」のホームページに、衝動的にアクセスした。

「Not Found」

結果はすでに分かっていた。だが、ある程度落胆はした。

「レンタカーで軽井沢まで行きたい」

私はしばらくして、下に向いた暗い表情の顔を上げて呟いた。「スナック　ナポリ」のことなどスッカリ忘れるように心がけた。

現在からおよそ一九〇〇年前、火山の噴火で灰の下に埋もれ、突如として姿を消した悲劇の都市ポンペイ。当時の人々の日常生活を鮮明に伝える遺物の数々から、ローマ時代の優れた文明や噴火直後の慌しい様子を垣間見ることができるだろう。火山の噴火によって、街が丸ごと埋まってしまった地として知られる「ポンペイ」。

訪れると、夫婦が、恋人同士が、親子が、商才に長《た》けた人々が、悲惨な奴隷が、様々な動物たちが共栄する、活気あふれる都市であったのを感じ取れるだろう。そのような体験を提供するナポリ市内観光とセットになったツアーも好評だと、旅行代理店に勤める友人から以前に勧められていた。

そのような旅情の誘惑を振り払うのには、相当な精神力を必要とした。

「ナポリ、ナポリ、ナポリ」

私は気がつくと、また連呼していた。

こちらに向かってくる「ナポリ」が茨城にあるスナックであるのか、イタリアにある都市なのかは判らないが、もうそんなことはどうでもよくなっていた。

「ナポリ、ナポリ、ナポリ」

これ以上、大きな声を出せば近隣から苦情が来てしまう。

「ナポリ、ナポリ、ナポリ」

もっと大きな声を出せば、遠くに住む住民であっても、警察へ通報するだろう。

「ナポリ、ナポリ、ナポリ」

さらに大きな声で、正しい発音のイタリア語で連呼すれば、ナポリの住人までは届かないだろうが、在日イタリア大使館までは簡単に届き、職員の間で「何事か?」と、問題になるかもしれない。

「ナッポリーノ、イッタリアーノ!　ボンジョルノ!」

私はなりふり構わず、知っているイタリアの言葉をすべて声に出して言った。

そして、世界地図のポスターを取り出すと、ナポリのある場所にサインペンで丁寧に印を付けた。それだけで、目的意識が極限にまで上がったような気がした。興奮状態としか呼びようのない、獣じみた雄叫びがどこからか聞こえてきた。熱狂のサッカースタジアム。汗臭い男達の群れに囲まれた緊迫感。と同時に街のスクランブル交差点では、警察によって立ち入り制限が行われていた。勝利に歓喜したサポーターたちのお祭り騒ぎを抑止するためだ。騒ぎに紛れて嬰児《えいじ》が大量に産み捨てられたり……そのような狂乱状態に陥ったサポーターたちを、巧みな話術で誘導した警察官は、後に警視総監賞を贈られた。

喜ぶべき勝利宣言なのだろう。だが、私たちがここから感じ取らなければならないのは、その夜の熱狂は一歩間違えば大変な惨事になる恐れがあり、無軌道のあまり暴徒と化したサポーターたちの（老人介護施設に集中する）放火やあからさまな弱いものいじめや動物虐待、強盗、殺人、大胆なホモ行為、情け無用のレイプ行為などを御するのに成功するというのは、警視総監賞ものの栄誉だったということだ。言い換えれば、全体からすれば一部であるとはいえ、全裸に近いサポーターたちの、リオのカーニバルを凌駕するような唾棄すべき野蛮な乱痴気騒ぎは、厳戒態勢によって対処しなければならないレベルのリスクを有するものになってしまった。

何故このような非道な行為が起きたのだろうか。興味深い点は、こうした振る舞いが主にサッカー日本代表戦の際に見られるということだ。欧州のフーリガンが、社会に根強く残る階級の問題や、マスメディアによる煽《あお》りといった要因と絡み合いながら社会問題化していったのに対し、日本の劣情サポーターたちのそれは、単に騒いで裸になって殴り合って人を傷つけ、相手を吐瀉物《としゃぶつ》塗れにしたいだけの若者らによる集団行動に過ぎない。

確かに、日本代表の応援で性器を露出させて下劣に盛り上がること、昨今の若者の置かれた経済状況などから、「格差社会の中で不満を抱えた若者がナショナリズムによってガス抜きされている」という仮説を立てられないわけではない。

裸で熱狂し、暴力行為や変態性欲に走る若者たちを取り巻く環境を、主としてメディアの観点から読み解いてみたいという欲望が沸き立ってくる。

変態サポーターたちはどこからやって来るのか。南米で特徴的なのはブーイング。試合では、ひとつひとつのプレイに対してサポーターが喝采を送ったり、罵声を浴びせたりする。ひとつひとつのプレイに一喜一憂してサポーターが反応するので、選手は自分のプレイがどう見られているのか、どう評価されているのかがダイレクトに分かる。品格が感じられない罵声も多いので、感心できることばかりではないが、南米ではこうしたサポーターとの関係性が選手を育てているという意識がある。勝利にかこつけて、たまたま近所のハプニングバーで欲情していた人たちが街に繰り出してきた、というわけではない。私の記憶では二〇〇二年のワールドカップの際には、既に渋谷のスクランブル交差点付近は露出狂的な変態サポーターたちの合戦場になっており、彼らが面白がってノコギリなどで切り取ったせいで、脚が一本欠けた動物が弱々しく歩行しているのがよく目撃された。その模様がメディアで報道されることで、「最高に気分が盛り上がる重要な試合の後は交差点で、無軌道にハレンチに勝利を祝う」という堕落した振る舞いが、いつの間にか定着したという面もあろう。

05 大変な怖い思い

ハレンチ極まりない怒号が響くなか、自分の尿から湧き立つ湯煙が、タバコの煙と混ざり合う。タバコを吸いながらの放尿が、楽しくてしょうがない。

変態サポーターたちの猥雑《わいざつ》な言葉の連呼。破壊行為で、物が壊れる音。

蛇口が開いたままの水道のように、尿がダイナミックに放出され、乾いた地面を潤す。

流れの先端に、広がっていこうとする尿の意志が漲《みなぎ》っている。

尿が途切れるか、タバコが燃え尽きるのが早いのか、見当がつかないが、どちらかが止まった途端、すべてがつまらなくなる。その瞬間が、やがて訪れるのが怖い。

壁に向けて、自分の足下に跳ね返るような、つまらない放尿をしているのではない。変態サポーターたちのいる方向に向けての放尿だった。しかし、尿の流れる音は、どんな小川のせせらぎよりも、あまりにも弱々しい小さな音だったので、彼らは誰一人として気付くことはなかった。やはり彼らにちゃんと聞かせようとするならば、立派なP.A.システムが必要となってくる。音を発しているところにマイクを立て、ハウリングしないよう位置に気を配ってスピーカーを設置する。

アンプを用意して、イコライジングを施し、ウーハーで低音を強調すると、尿がナイアガラの滝を凌ぐような迫力で地響きを発生させた。


野生の馬の群れは、大地を揺らす音に気がつかないはずはなかった。馬たちが喉を潤そうと、滝から放たれた水を求めて、こちらへやってくるのを感じる。

尾をなびかせて、野生の馬は荒野を駆けていく。その筋肉の躍動が、胸に響く。

馬についてのイメージが、脳裏を過《よぎ》る。

馬は歩行の際に、着地のときにかかる体重を前肢が支え、後肢が体重を前に送り出している。四肢の周囲に付いている沢山の筋肉を上手に使ってスムーズに歩行運動をする。

人類が定住生活を送るようになると、馬を飼い、人の役に立つように家畜化したのだ。馬の背中に太った人が乗ったり、重い荷物を載せても大丈夫なのは、鞍の下に位置する肋骨が上下ではなく前後に動いて、胸郭全体で重みを支えるためだ。いってみれば脊椎が、家の屋根を支える梁のように丈夫な構造になっているのだ。身の危険を感じなくなり、糧を探して広い草原をさまよい歩く必要もなくなった。その一方、厳しい自然の摂理にさらされてしだいに追い詰《つ》められていった野生馬は、二〇世紀初めにすべて姿を消したはずだった。例えば、宮崎県の都《と》井《い》岬などで保護されている御崎馬《みさきうま》は、日本の野生馬として観光資源となっている。しかし、かつては人類に飼われた経験のある馬たちが、やがて人間を乗せるという労働が苦痛となり、何らかの方法で人間の管理下から逃走し、自然に還ったという経緯があるため、純粋な野生馬とはいえない。馬の脈拍数は、静かにしているときは少なく、ひとたび運動し始めると即座に増加し、そのときに必要なエネルギーをすぐに補給できるような余力を持っている。上下の顎に生えている馬の歯は三六本で、どんな馬でもその間の歯槽に広い隙間がある。そこにくつわをかませると、馬が水を飲むときやエサをたべるときも邪魔にならない。手綱を引いたときにくつわがあたる口角は、神経が敏感な場所なので、手綱から乗り手の意向を馬に伝えることができる。生後三〇分ほどの、まだ生まれたばかりの子馬は立ち上がり、誰に言われたわけでもなく、当然のように母乳を飲み始める。

その姿には人間の親子のものよりも、豊かな繋がりを感じた。

発育は人に比べると驚異的に早い。馬小屋で生まれた子馬は、天気が悪くない限り、次の日には母馬とともに外に出すことが可能だ。凍えるほど寒くて湿度の高い日などは、母馬と子馬の親子は、夜間は舎飼いすべきである。寧ろ、人間の場合ならば、生まれたら即時に親と子を離して生活すべきではないか、とさえ思わせる。特に理由はないのだが。

子馬と人との関係は、人間の親子と同じく出産と同時に始まるものだ。たとえば、出産時には子馬の鼻孔から粘液や薄膜を取り除いてやらねばならないし、生まれて二四時間以内には、急いで子馬病や破傷風の予防注射をしなければならない。

最初、母馬は介助をしようとする人と子馬の間に立ち、子馬を守ろうとしてみせる。賢くて従順な母馬ならすぐに了解し、妨害をしない。そして、母馬が人を信頼している様子をみせれば、子馬もすぐに人に慣れるものだ。その間の心理の変化を、子馬から聞き出せないのは何ともどかしい。

子馬のハンドリングを始めるのは、屋外よりも厩舎《きゅうしゃ》内の方が良いに決まっている。終わるときにはいつも短い時間、必ず母馬を参加させなければならないのではあるが。この頃には、人に強要されることなく、子馬は自発的に母馬の後ろについていく。

子馬が生後三日以内のときは、誰かに母馬を見てもらって子馬のハンドリングをした方が良い。母馬を馬房の壁のそばに立たせると、子馬は無理にしむけなくても母馬のもとへ歩み寄る。ハンドラーは、右腕を子馬の尻に回し、左腕を胸前に回す。

およそ数日で子馬は、自分が母馬のそばにいて脇腹が母馬に触れている限り、不安な様子をみせず、抱いている人の腕の中で静かに立っていられるようになるのである。その間の心理の変化を、子馬から聞き出せないのは何とももどかしい。

次は子馬を引いて歩かせる。そのときも、最初は馬房内だけで行う。母馬を静かに引いて回ると、子馬は本能的に母馬を追うようにして後ろをついていく。そのとき、右腕で子馬をやさしく前方へ押してやると、子馬は躊躇せずに母馬に従おうとする。その際、子馬が突然暴れて走り出さないように左腕で、必死になって押さえなければならない。

必ず一日程度で左腕の代わりに手入れ用の柔らかい布を子馬の頸《くび》の周りに巻き、短い時間ではあるが、そのままパドックと厩舎のあいだを往復することができるようになるだろう。

子馬は人が胸や背中を撫でてやると安心する。というのは、この動作は普段母馬が子馬の体を愛撫しているときと同じ感覚を呼び起こしている、と思われる。

約一週間ほどで、子馬用の革頭絡《とうらく》を装着することができるようになり、母馬からそう離れない限り、手綱で引かれるのに違和感をもたなくなる。頭絡は最初は厩舎内で装着する。頭絡を無理に子馬の鼻から装着しようとすると嫌がってけがをすることがあるので、子馬の体を後ろからやさしく押して、子馬が自分から鼻先を頭絡の中に入れるよう仕向ける。

二週目以降に子馬は、確実に人に体中をさわられたり撫でられたりすることに慣れるものである。その間の心理の変化を、子馬から聞き出せないのは何ともどかしい。

蹄を数秒間、人が持ち上げることもできるようになる。これは子馬が三か月齢になった際、装蹄師が削蹄するときのための練習にもなり、三〜四か月齢になると、子馬は母馬と一緒に馬運車の荷台やトレーラーへ乗ることを学ぶ。トラブルを起こさず乗せるコツは、まず子馬を先に乗せることである。二人で両腕を広げて子馬を囲い込み、押し上げるようにしてゆっくり進む。母馬は子馬を気づかい、離れないようにすぐに後ろについてトレーラーに乗り込んでくる。馬はつま先立ちで走るので、つま先が地面と接する部分に大きな負担が生じる。しかし、馬が進化していく過程で、指先の皮膚を角質化して保護するための蹄が発達し、より速く走れる構造になっているだろう。

そんな馬についての基本事項を、あらかじめ専門書などを買い揃え、きちんと押さえておいた。そういった知識は十分、現場で役に立った。

だが、実際に放尿音を澄んだ水が流れ落ちる滝の音と聞き違えて、潤いを求めてやってきたのは、たった一頭のオドオドした様子の馬であった。

必要以上に派手な装飾を施され、それが歩行の邪魔になっている。太った人が乗ったり、重い荷物を載せても大丈夫なのは、鞍の下に位置する肋骨が上下ではなく前後に動いて、胸郭全体で重みを支えるためだ。いってみれば脊椎が、家の屋根を支える梁のように丈夫な構造になっているからだ。

「馬が何かを求めて、たどり着いた場所はここか……」

サドルの上に鎮座していた太った男の落胆ぶりは、放尿に集中していて馬の到来に気が付かなかったわたしにでさえ、ダイレクトに心に響いた。それを言葉にする気力など、残念ながらなかった。

変態サポーターたちのハレンチ極まりない怒号の方が、より大きく耳に入ってきた。いまだ自分の尿から湧き立つ湯煙が、タバコの煙と混ざり合っていた。タバコを吸いながらの放尿が、やはり楽しくてしょうがない。

サドルの上に鎮座していた太った男は、わたしなどに話しかけても無駄と、はなっから決めてかかっているようで、だんまりを決め込んでいるようだった。

その沈黙を打ち破るように、変態サポーターたちの猥雑な言葉の連呼が続く。破壊行為で、派手に物が壊れる音も、途切れることがない。

蛇口が開いたままの水道のように、尿がダイナミックに放出され、乾いた地面を潤す。流れの先端に、広がっていこうとする尿の意志が漲っている。

尿が途切れるか、タバコが燃え尽きるのが早いのか、どちらが先なのか、まだ終わりは見えない。

サドルの上に鎮座していた太った男に、馬についての悩みを、ざっくばらんに聞いてもらった。

「果たして馬は馬として生きていくのが、面倒だとは特に思わないんでしょうか？　そう思っているのなら、その馬に乗るのは心苦しい……。人間だとスポーツ好きな人間、アウトドア的とかいろいろな生き方の好みがあると思うのですが、なら、馬にとっては毎日の歩行は、就学児童が学校へ行くとか、社会人が会社へ行くというような感じと同じことでしょうか？　クラブや学校の馬術部の馬は毎日人を乗せて歩いたり運動したりして、大変だなぁと思いますが、馬の運動量からしたら、そんなに大したことはないとか、むしろ歩行距離によっては常に運動不足ということもあるに違いない。馬の許容範囲について十分説明のないまま走らされ、大変怖い思いをした経験もある。

自分がこれから乗ろうと考えている馬は、誰から見てもいつも明るく元気というイメージを持ってもらいたいのですが……大学で馬術部の入部を拒否されたり育成牧場ですぐにあきらめてしまったり、乗馬が全然上達しないのは自分がもともと馬に興味がないからなんでしょうか？

あと軽くて動きがしなやかな馬だと、自分が動きについていけなくてイライラして手綱をひっぱったり、バランスを崩したりしてわざと意地悪して歩行の邪魔をしたり、馬が運動してても馬自身が走ってるだけで自分でぜんぜん制御できてない……元気な馬が元気に速歩しようとすると、暴走するんじゃないかと怖くなってきて、手綱で止めてしまうことも多いです。走る馬は暴走しない程度なら、元気に好きに速歩させた方が馬もすっきりするんでいいと思うんですが、馬が暴走しようとしてるのがわかったら、自分の指示で止めればいいわけだから元気なやつは元気に走らせておけばいい。いつまでもだらっと歩行しているような運動状態で、馬が元気になってくれるんでしょうか？　そもそも自分の馬が前の馬しか見てなくて、前の馬のペースに合わせるから、言っちゃ悪いけど前が遅ければ自分も自然と遅くなってそれを無理にペースを上げようと思ったら大変だし、自分の所有する馬は、ペースが遅いなと思って、蹴りを入れたら一瞬は速くなったりはするけどそれが続かない。乗馬する人、それぞれ目標があると思うんですけど、自分が馬に乗りたいという欲求の目的がよくわかりませんし、以前十分な説明のないまま馬に乗せられ、大変怖い思いをしたトラウマがあるからなんだと思う」

# 06 しばらくは錯覚

馬に乗ったままの太った男は、話をちゃんと聞いているのか、あるいは音として聴いているが内容はまったく理解できないか、またはまったく何も聞こえていないか、いつまで経っても反応がなかった。顔が肉で埋まっていて、表情も相変わらず変化に乏しい。

「もういいよ……どこかよそへ行く」

馬と太った男に背を向け、トボトボと歩いていると、いつしか地面が濡れているのに気がついた。

「これはさっき自分で放尿したものだ」

熱狂的なサポーターたちに冷や水をかけてやろうとして、威勢良く放出したはずの体液が、いつのまにか自分の足下を濡らしている。何とも形容しようのない、非常に残念な結果だった。

それから帰宅して数週間、気分は塞ぎっぱなしだった。

目の前のすべてに焦点が合わず虚《うつ》ろで、精彩に欠けているようにも感じた。いままでが幸福過ぎたのかも知れない……。

　無限の可能性を秘めていながら、自発的には特に何もしようとはしなかった。とにかく怠惰に、要求されたことを、やる気なくやるだけ。もっと自分がすべきことを迅速に見つけ出し、早急に着手すべきだったのだ。すべきことさえ、見出せれば……。

　過ぎ去っていった時間の尊さに、目眩《めまい》を覚えて地べたに倒れそうであった……もっともその前に、最大の怠惰さを発揮して朝も昼も夜も寝床でダラダラと横になって過ごす毎日であったので、特に卒倒するわけでもなく、ただ意識を失うように惰眠を貪っていた。

　家には、国内旅行で訪れた各地で購入した土産物が、棚に溢れ返っている。特にこけしが多いのだが、それらが次第にどれも、はっきりと歪んで見え始めたのである。

　以前ならば、凜々しくあったものたちが反乱を起こし、ぐにゃぐにゃに拉《ひしゃ》げて見えた。どんな高い技術で作り上げられた工芸品も、電子測量の技術で精査すれば、必ずしも正確ではない。手工業であれば、個体にばらつきはある。以前であればそういった事実に目をつむり、認められなかった事実が、いまはどのような前向きな解釈をも拒むような、否定的な材料として浮上してきた。

　歪み始めたのは、愛くるしいこけしたちだけじゃない。壁に貼られた、山々の名を刻んだペナントたちも、湯気か何かで湿ってヨレヨレになっているように思えた。学生時代に所属したワンダーフォーゲル部で、仲間とともに山を征服した証しに購入したものだ。もはや、登頂の喜びも、過去の遺物と嘲るように、次々と壁から剝がれた。かつての部員との友情も、完膚なきまでに否定され、必要以上に覆い被さった埃の塊が、集団で凌辱された後、地面に力なく横たわる女学生の哀しみに近いものを想起させた。

為す術もなく、朽ち果ててゆく民芸品。どれだけ繊細な手作業を経て、各地の土産屋の店頭から我が家に集結したのであろうか、その過程は想像を絶する。いや、普段民芸品と接する機会を奪われていた人間は、想像するに至る手前で、別の思考に脳を占領されてしまうのがオチだ……あたかも現地で購入した事実だけが消失し、当初からここに存在したかのような記憶。かつての面影を残さず、どれだけ別の物体に変容したのか、において興味を必死で保持すべきだ。

大方は、すでに民芸品としての趣を捨て、用途が皆目見当もつかない、まるで他の惑星からやってきた不明な物体に過ぎなかった。見知らぬ星からの大使が、親善なのか敵対なのかといった目的さえ伝え忘れ、これがいったい何なのか説明も受けず無言で受け取った地球人たちが困り果てる。こけしに似て非なる物体……銀河系の外からわざわざこけしなど、何故人知の及ばぬ高度な技術力を駆使して運んできたのか？　電車に乗って、適当な田舎に行けば、特に必要でなくとも、土産物屋にて無意識のうちに購入してしまうようなものを！

こけしをこけしと認識していた脳の回路も、やがて支障をきたす。言語の代わりに物体を差し出す、そんな文明があってもいい。言葉の数ほど、持ち物が増える。

こけしの形状だからといって、それが人間の存在を表すとは限らなかった。暗号としての物体という可能性。以前行きずりの人に、その辺で拾った石をいくつか、そっと手渡してみて、やっと理解できることもあったのを確認。言葉で表さなくても、渡された相手の顔にちゃんと、それが書いてある。経験を生かして、こけしがコミュニケーションツールとしての役割を果たす時代の可能性。

こけしにつづけ！といわんばかりに、他の民芸品の進撃は留まることを知らない。

生まれ故郷のものならともかく（出身地の土産物など、普通は購入しない）、何故我が家に？という疑惑を持ったら最後、偽装された記憶が次々と暴かれ、真実とは何かという根源的な問いの反復。

「わたしはこけし」

いつぞや誰かが、暗闇でそっと呟いた。誰も聞いていない、淋しい場所で。

夜は眠れない。ＴＶさえあれば、プリキュアとかナルトなどのアニメを喜んで見てリラックスするのに。内容を好まざるとも即効明るい気分には、誰もが一瞬なれる錯覚。間接照明として、テレビは結構人の役に立つのだ。

だが、ＴＶがなければ何とも最悪だ。本来ＴＶが置いてあるはずの空間の奥の闇の静寂から、いつまた何者かの呟きが聞こえてこないとも限らない。

「わたしはこけし」

それは高い声で、正面から。その一言で、深夜に急に目が覚めた。

寝床からライトでＴＶの台の上を照らす。ひょっとしてＴＶの代わりにこけしが鎮座しているのでは？と直感したけれど、実際には違った。そこにあったのは、ひょっとこの面だった。

「誰がここにひょっとこを？」

わたしは独り言を呟いた。

いくら思念を巡らせても自分以外にありえない。

「外で自分が面を被ったのを忘れて帰宅し、ひょっとこが我が家に運び込まれたのに、一切気がつかない」という仮説しか、そのときの自分を納得させられない。覚えていなかったのだから、仕方がない。酷く酔っていたのなら、簡単に説明がつく……馴染みの居酒屋の壁に、似たひょっとこの面があった記憶ならある。

闇の中で携帯の住所録を見て、地元の「居酒屋　きよし」の番号を見つける。深夜とはいえ、まだ営業時間であった。

「きよしです！」

電話に出たのはマスターの潔さんではなく、アルバイトの若い娘ユキちゃんだった。昼間は美容関係の専門学校に通い、夜は店で働く、勤勉な若者を絵に描いたような元気な女の子。しかも病気の母親の為に、この店の給料から治療費を出しているというから頭が下がる。気が弱い自分を、グイグイと引っ張ってくれる強いタイプの子だ。

「ああ、ユキちゃんか。勉強頑張ってる？」

よく行く店の気になる女の子とお近づきになるためには、できるだけ早く連絡先をゲットしたいもの。好意が丸見えになる聞き方だと気後れしてしまうなら、自然に聞けるタイミングを見極める必要がありそうだ。

「はい、おかげさまで」

普段の会話が弾む関係まで発展済みなら、連絡先を教えてもらえる可能性は高そう。まずは、女の子のツボを押さえるために、積極的に話しかけて探りを入れたい。

どんなに身持ちの堅い女の子でも、お店で一緒に撮った写真を送るのに必要であれば、躊躇なく連絡先を教えてくれそう。集合写真を撮るときは、進んでカメラマン役を買って出ようと思う。

「店長います?」

やっと本題に入った。

「いや、本当は潔だよ！　店長の」

巧妙な声帯模写にまんまとダマされ、話しているのがバイトのユキちゃんだと、真剣に思い込んで話し込んでいた。店長はバイトの声色など簡単に真似できてもおかしくはないという認識は常にありながらも、このタイミングで披露されるとは想像しなかった。

年末の忘年会の件で電話した際にも、店長の潔さんは最初から最後までオウムで通した。まさかお店の応対をオウムがするわけはないと思いながら、結局はオウムと話し込んでいる気分になってしまい、「どんな食べ物が好きなの?」とか「飼い主の潔さんについて、どう思う?」なんて質問をしてしまい、最終的にはオウム相手に忘年会の予約を入れた……後日店に行った際、「ウチはオウムなど飼っていない、あれはオレの声帯模写だ」と言われ、赤面した。それくらい真に迫った声帯模写だった。あれでは、きっと鳥類を研究している学者も騙されて、人類に平和を説く親善大使になるよう説得し始めることだろう。考えてみれば潔さんならやりかねない、ちょっとした悪戯だ。

「あのう、今日も酷く酔っぱらって、お店の壁に飾ってあったお面を勝手に持ってきてしまったみたいなんです」

心から申し訳ない、という気持ちを言葉の端々に込め、潔さんに謝罪した。やんちゃな店長の店だから、こちらも酔うとつい羽目を外してしまうこともままある。

「ん？　それ何の話なの？」

恍《とぼ》けるのが上手い潔さんのことだから、最初は単にフザけているだけだと思った。

あまりにも話が通じないので、結局は痺《しび》れを切らして閉店間際の「居酒屋　きよし」に直接行くことにしたのである。


「いらっしゃい！」

白髪交じりの五〇代にしては、疲れを知らぬ、働き盛りの陽気なおじさん。潔さんを一言で形容するならば、そういうより他はない。

可愛いお魚が泳ぐ水槽や、ほのかな灯りの気の利いた照明が落ち着く雰囲気の室内。デートにもおすすめ。和風にアールデコを少々加味したクラシカルでレトロでオシャレな空間に、平日の朝というのに、店内にはまだそれなりに客がいて、潔さんの作る酒と会話を楽しみながら、和気あいあいとしている。

客とは少し距離を置いたカウンター席の隅に座ると、すぐにおしぼりと、ちょっとしたお通しの小鉢が出てきた。

「今日はユキちゃんは？　休み？」

店長自らカウンターから出て、お通しを運んできたので訊いた。

「いや、あいつは辞めたよ。一昨日くらいで」

以前ユキちゃんから「わたし、ここのバイト辞めるかもしれないです。もう一生会えないかもしれません……」と、潔さんが休みの日にこっそりいわれたことがあった。知り合ってまだ距離を感じている相手でも、何だか淋しくなってくる。女の子がバイトを辞めると分かったタイミングで、即座に連絡先を尋ねるパターン。わざわざ辞めることを教えてくれた時点で「まんざらではない」と思ってくれているのかもしれないので、躊躇せず訊けばよかった。

「ひょっとこって、あれのことかい？」

仕事しながら焼酎を飲む潔さんが、カウンター越しに正面の壁をさす。ハンガーのかけられた隙間に、壁画のようなものがある。普段店に来ていて、特に意識したことはなかった。

おかめとひょっとこの面をそれぞれ被った男女。どのような関係の二人なのか、絵だけでは判断しかねるが、何とも楽しげな雰囲気が、店の感じと随分マッチしているように思う。

「ウチでひょっとこっていうと、この絵だけだよ。お面なんてどこにもないよ」

ひょっとこの面がかけられていたと記憶していた場所には、ひょっとこの面を被った男女が描かれていた。その一点を見つめながら、ただ黙って、呆然と立ち尽くすしかなかった。

そこで目が覚めた。ひょっとこの面の件は全部夢だった。

朝に目が覚めて、ボンヤリしていたが、急に夢の内容を思い出して、何だか腹が立ってきた。「居酒屋　きよし」って、何だ？　そんな店はない。店長の潔って誰だ？　そんなヤツは知らない。ユキって女も、現実にはいない。

夢の中ではありもしないことが、さも現実に存在するように、起床した後もしばらくは錯覚してしまって、困る。

# 07

# 鏡はなかった……

夢の中で犬が吠えて、それで目が覚めた。何故犬と出会い、そして私に向かって何故吠えたのか、夢の内容は一切記憶になかった。次回から起床した瞬間に、見た夢を記述しよう。寝床にメモ帳の用意でもあれば、朧《おぼろ》げな断片でも手繰り寄せて記録したであろう。私は忘れないうちに、近くにあった手帳に、ボールペンで「夢を記録する為のメモ帳を買っておくよう、近所の文房具店へ」と記載した。それが得策だと考えた。

ベッドの端に腰かけて一服吸った後、通報を受けた消防隊員のような迅速さでパジャマを着替え、いつでもすぐ外に出かけられる装いになっていた。

全身を鏡でチェックし、再びタバコを吸っていた場所に戻り、灰皿の中の火が消えた吸い殻を見つめた。即時に言葉にならない思いが、口内に達した胃液のようにこみ上げてくるのが感じられた。

抗し難い嘔吐に近い言葉。怒りの入り混じった吐瀉物。それがいったい何だったのか、いまの私には残念ながら説明ができなかった……可能であったとしても、そもそもその説明を求める第三者は誰もいなかったので、わざわざ言葉にする必要もなかった。

　私には実際に役に立つ言葉以外、何も発する気がなかった。独りの時間が多いせいか、一日何も発さないのが普通だ。

　思考も、言葉では決してしない。何となく状況が映像で思い浮かぶだけだ。朝起きようと思えば、自然にベッドから起き上がる光景が見えてきて、頭で見えた通りに実際に起き上がる。ただそれだけだ。前もって起こることがわかるというよりも、次にやるべきことが、頭の中で見えるといってもいい。

　予知能力だとか大袈裟なものではない。数分後のこと以外は何もわからないし、数分後のヴィジョンを見るので精一杯なので、いま起きていることにも無頓着なのは仕方がないにしても、数時間はおろか数十分後の予定すら立てられないのが実情である。

　既に頭の中で見たヴィジョンを再確認するためだけに、現実があるに過ぎなかった。


「夢にペットが出てきたら要注意！」

　これは知人から何度となく言われてきたことだが、夢の中で可愛らしい犬や猫が登場したら注意が必要だ。そういった夢を見る場合、日頃から人間関係などで多大なストレスを抱えているケースが多い。顔面に醜い腫瘍ができたような気分になり、それを人に見られるのが嫌で、近所の人に会うのも極端に不快になり、人目を避けて生活をするようになる。

　特に通りに人気が多い日は避けて外出するようになる。

「部屋に見知らぬワンちゃんとネコちゃんがいるんですが、お宅で飼っているペットたちですか？　部屋を間違えて、乱入してきちゃいましたよ」

隣人の中年女性が訪ねて来て、ドア越しに言った。勿論、私は何の動物も飼っていない。犬はきっと夢に出てきたものと同じであると予測される。その犬が吠えた声が、私を目覚めさせた。

ドアの前に立ったまま、私は無言でそこにいないフリをする。それが得策だと考えたからである。気配というものは、消そうと思えばいくらでも消すことができる。

だが、隣人はドアの新聞入れを躊躇なく屈んで開けた。中年女性の顔の滑稽さを強調するような丸い眼鏡をかけた鼻先が、ちょうどドアの真裏に立っていた私の股間の前にあったので驚いた。

近所のダンス教室から、タンゴの曲が聞こえてくる。

この一連の流れには、すでに見た記憶があった。

「知らない犬や猫が同じ部屋にいるのは堪えられない。連れて帰ってください！」

中年女性に午前中から、泣きわめきださんばかりの勢いで捲《まく》し立てられ、さすがに私も辟易《へきえき》した。だが、私は頑固にそこにいないフリを継続した。それが最も得策だと思ったからである。それに隣の中年女性には、悪い噂があると聞いていたこともあり、私は気配を消すのに一層必死さが加わった。

彼女は子供の頃に母親が蒸発し、祖母が十五年前に他界した後、父子家庭で男手一つで育てられたそうだ。その父も、高校卒業後すぐに病死して、その時に付き合っていた男性と入籍し一人子供を死産し、二年と経たずに離婚。それと同時に、近所に引っ越してきた。

私の部屋を挟んだ隣の部屋のご家族を、度々訪ねているようだ。それはいいのだが、料理を作って持ってくる。それがとにかく不味いらしい。

「無理しなくてもいいから。わざわざいいから」などと夫妻が一緒に何回も断ったが、中年女性の不味い手作り料理プレゼントは週二で続く。申し訳ない気持ちで捨てるしかない。直球で不味いから捨ててるとは言えないし、食べずに捨てるのも、生ゴミが増えるので面倒らしい。

「なんとか、料理を持って来ないようにする方法はないでしょうか?」

私はその家族の夫人から、幾度となく相談を持ちかけられた。

「今日は昼食用にフレンチトースト作ったからと、大量に頂いたのですが、パサパサの食パンに味のない玉子焼きが乗っているだけのもの。それがいままでで一番不味かったんです。フレンチトーストというよりクロックムッシュに、無理矢理砂糖をまぶした強引な味付けで。「もう料理はいいから、私は果物が好きだからそういうのをお願いしていい?」と言ってみたものの、中年女性は笑顔で、気にしないで私料理作るの好きだから、と言うんですよ!」

調理の無頓着ぶりに関しては味だけでなく、時には虫が混入している場合もあるというのだから堪《たま》ったものではない。

誰でも生きているうちに一度くらいは外食をした経験があると思うのだが、その時にお店の店主や店員、店主の家族に失礼な事をされたとか「これでお金を取ってるの?・」というくらい不味い料理を出されたことはないだろうか。

よい評判を聞き期待で胸を膨らませ、都内のある高級フランス料理店に行った際など、子供が店の奥から大声で「うんこ、うんこ」と客に聞こえるように叫んでいるのに、店主は一向に怒ろうともせず、ただ黙って店に置いてあるモニターで、いやらしい洋物AVを懸命に見ていたという凄まじい状況に出くわした経験が、私にはある。

あまりにうるさいので私も堪え兼ね、料理を口に運ぶ手を思わず休めて、店主を殴ろうと思った。見ると店主の腕は太く、多くの体毛に覆われていた。ハードな行為が連続する洋物AVを、昼間から堂々と鑑賞するような人物だから、きっと獣じみた粗暴な人格なのだろう。上品なフランス料理というより、近所の野良犬や野良猫を捕まえて、問答無用に頭からガブリと食らうタイプ。王侯貴族が好む繊細な味を提供する調理人に相応しいとは思えない。

隣の中年女性も無論、そのようなタイプといって差し障りはなかった。

周囲からいかに獣じみた評価を与えられようが、この際何をやっても構わないのだが、彼女は彼女なりの大人の余裕を見せることができると自己評価しているのが、その佇まいからかろうじて窺えた。よほど高齢の女性でない限り、野蛮な人間と呼ばれるよりも、いつまでも若く綺麗でいたいと想っているはずだ。女性としての市場価値が、すでに下がっていることを理解しているのだが、実はまだまだ女として見られたいという欲望も、まったくの皆無というわけではないから却って厄介だ。

いくつになっても美しくありたいと思うのは、すべての女性の世界共通の願望。女として生まれてきたからには、永続的にある程度の魅力を放っていたいと感じる。また、そういうオーラを出すことで、男性にとってより魅力的に映り続けるのではないかと。

そんな存在であり続けるために、周囲からの褒め言葉を欲っしている女性もちらほら。

だが、「いつまでも女として見られたいか」ということになると、また別の話になってくる。重いものを率先して担いでもらったり、体調を気遣ってもらったり、普通の女として接してほしいし、レディファーストは女性の特権だ。男女平等の世の中だけど、いくつになっても都合のいい権利を主張できる存在でありたいのが本音だ。

「年齢より若く見られることはうれしいが、女として見られるのは面倒なので遠慮したい。とにかくいまは子育てが大事なので、夫以外の面倒な恋愛に巻き込まれたくない。そういうことは面倒なので、むしろ恋愛対象外の老婆みたいなものと思ってもらえた方が都合がいい。けれど男の人と同じ扱いでは少し寂しいから、重い荷物を持つなどの手伝いなどはお願いしたい」

女として見られた、その先にある恋愛を考えると、途端に面倒くさくなる人が多いのも事実である。

あれから五〇分ほど経ったであろうか。

新聞受けに向けられた私の股間の前の、中年女性の気配と妙な呼吸はいつしか感じられなくなっていた。さすがに私が、犬や猫を飼って彼らの命を犠牲にしてまで自分の孤独を癒そうとするヤワな男などではないと理解したのか、恐らく冷静さを取り戻して保健所に連絡して問題解決したのであろう。

結局、どのような鈍器であろうとも、人はそれで力任せに殴られると死んでしまう。

玄関を開けてみると、廊下で中年女性が頭から血を流して倒れていた。残念ながら、すでに死んでいるようだった。彼女のトレードマークといえる丸い眼鏡が、赤いサングラスに変化していた。

血溜りの脇には、殺害の際に使われたであろう鈍器が落ちていた。

いかにもテレビの推理サスペンスドラマのような一シーンで、私はいささか興奮してきた。殺人現場など、なかなかお目にかかれないと思っていたが、意外と簡単に遭遇したので拍子抜けした。

鈍器は当然のように、殺害目的に作られたものではない。指紋が残らぬよう、恐る恐るビニールで包むように持ってみると、それは確かに誰かを背後から打ちのめしたい欲望に駆られるような、そんな手に馴染む感じがあった。

これは、いつも中年女性から不味い料理を振る舞われていた家庭にあったものだ。

いつもテレビの推理サスペンスドラマでは犯人を当てられない私だが、こればかりは自信があった。その家族の苦痛は、いつか凶悪事件へと発展しかねないストレスを孕《はら》んでいたのを私は見逃さなかったからだ。不味い料理は、食べる人間だけでなく、作った人間をもやがて不幸に陥れる。何故か鈍器は強く握れば握るほど、愛着が湧いた。表面に小さく可愛らしい犬と猫のイラストがあったせいもある。

だが、冷静に見つめれば見つめるほど、それが何のために作られたものなのか判然としなかったのも確かだった……どこかの土産物やキャラクター商品にしては、何も明記されていなかった。ようやくいま中年女性の殺害に使われて、晴れてその存在価値が認められたかのようだった。

この鈍器を私が着服することによって、この事件は迷宮入りになる。どんな名警部や名探偵でも、殺害に値する動機や使用された凶器を発見できない限り、犯人逮捕の糸口を見出すのは不可能だ。そう確信すると、目の前に死体となって転がった中年女性の冥福をどうしても祈らないわけにはいかなかった。

その際の私の表情は、どんな司祭よりも慈愛に満ちたものであっただろうか。鏡がなかったので、自分自身は想像することしかできない。

# 反応や表情の一部始終

いまから数か月以上前の話になるので恐縮だが、二〇一三年三月から日本に滞在していた南アフリカとマレーシアからの留学生、そして一〇月からのアメリカからの留学生が二月六日に日本を発った。三人ともバスに乗り込む直前まで、日本の家族や友人たちとの別れを惜しんだ。またいつか日本に帰ってくると、空港で誓った。三人の留学生を支えてきてくださったホストファミリーの皆様、関係者の皆様に感謝したい。あなたたちのお陰で有意義な時間を過ごすことができたと、彼らは謝意を口にして、それぞれの故郷へと帰っていった。その一部始終を、撮影班が貴重なドキュメンタリー映像として記録。先日ゴールデンタイムにテレビで放送されたので、偶然観たという読者も珍しくはないだろう。それをご覧になった方はご存じであろうが、彼らのような留学生の中で、語学力があり、真面目であり、謙虚であり、素直であるという人物は非常に稀である。従来のような、何でも吸収しようとする意識がある外国人留学生は非常に少なくなってきた。日本に留学したこと自体で、大きなモチベーションやパワーをもっていることを示す優秀な人材であると認識される時代は、とうに昔の話なのだ。

彼らを見送るための居酒屋での送別会の翌朝、二日酔い気味の身体を我慢して起こして居間に行くと、見覚えのない数点の写真が壁に貼ってあったので、わたしは早速首を傾《かし》げざるを得なかった。どれもパッと一目見て、不自然に感じるものであったせいもあり。

本人のものでない、明らかに作り物の不自然な髭。特に美を意識していない不自然な化粧。画面外の人物の演出で作られた表情。親しくもないのに、知り合いでもないのに、家族でもない集団と思われるのに、わざわざ集合写真。ありえない構図。

実際の生活には非常に不便な家具の配置。本来であれば、光を当てないはずの部分に照明。誰も見たいと特に思わない場所にズーム。写真を撮るのに適さないような瞬間だけ選んで、シャッターを切る。その際の真空状態に息をのむカメラマンの緊迫した一瞬など、ここからは微塵も感じられなかった。

そうやって次々と、何も物語らない無責任な写真が量産されたのだろう。かつて誰の視点でさえもなかった、現実の断片たち。鏡に刻まれた亀裂から、無造作に多層な時間の断面を創出する。だが、それが増えたからといって、非情にもいかなる価値ですら産み出しはしなかった。ただただ殺伐とした、荒涼とした光景。

正直、涙が出そうになった。

ただ純粋に人に喜ばれようとして、当然のように愛されるだろうと期待してやってくるものに対して、自分がどんな精神状態であろうとも、常に笑顔で迎え入れる余裕があるかと度々自問する。それが見知らぬ犬や猫であったとしても、心から暖かい抱擁で受け止める準備が、わたしにはある。彼らがわたしに進んで伝えたいことがもしあったのなら、どんなに多忙であっても、いつでも喜んで耳を傾けるために時間を割いた。

だが、わたしは特にどこか団体に所属していたというわけではなかったので、どこからも連絡があるわけでもなく、自分と同じようにあらゆる類いの団体への加入を拒む人種との交流自体も困難な状況だった。意見交換の場など、いくらインターネットが発達した現代であっても、まず不可能といえる。

信頼できる外国人留学生のための支援団体がない、というわけではない。

支援団体は、慣れない日本での生活などのサポートを積極的にしている。また、年間を通じて、懇親パーティや各種イベント、さらには日本の伝統や文化、季節を知ることができる体験ツアーなどが計画されているようだ。イベントの詳しい内容はウェブサイトで紹介されている。

ルワン・ボコンダさんは、南アフリカのヨハネスブルグ出身の二八歳。初めて日本に足を踏み入れてから、早いもので三年が経つ。彼女はわれわれの想像以上に日本人の行動をよく観察している。落ち着きがない人や予想外の行動をとる人には、できればあまり近づきたくないようだ。例えば極端に落ち着きのない子供とか。あとは、高い奇声のような大声を急に出す人。外国人でなくても、誰でもビックリするものだが。

それから目を黙ってじっと見られるのは苦手。威嚇ととらえてしまう場合もある。いきなり手を出して彼らの身体に直接触れようとするのも、怖がらせてしまうことになる原因。手袋をしていても同じ結果だ。臭いにも敏感なので、香水臭い人とかも嫌う。外国人留学生と触れ合うテレビ番組などを観ても、彼らの側から心を開かせるために、日本人らしくまずじっとしていることが多い。どうしても留学生に嫌われてしまうという人は、まずは静かに彼らの行動を観察してみてはどうだろうか。

留学生は嗅覚や聴覚はもちろん、その人独特のオーラなどにも敏感。わたしは他人からよく「お祭り好き」で「ハデ」と思われるようだが、その豪快さや危うさを察知し不安になる留学生も多い。

それに彼女は留学生というわけではなく、あくまでも自国の企業から日本支社に配属されての来日。離日の置き土産ともいえる、彼女の三年間を追ったドキュメンタリー映像を見れば、そのいきさつが冒頭で詳しく説明されている。

メンバーの過半数が留学生で構成される集団と、部員のほとんどが日本人学生で構成される団体が密に連絡を取り合って、先日共同で近所のテニスコートで行われたイベント試合が、彼女の存在を知るきっかけとなった。近隣地域のテニスサークルの他のメンバーによるテニス未経験者への援助もあり、ルワンさんのテニスの腕前の熟練度は問われることなく、多くの学生と共にテニスを通じて交流を行うことができ、それぞれ互いの生活習慣の違いをまざまざと実感できるいい機会になった。

わたしが実際に、熱狂的に日本で受け入れられたこのイベント試合の開催を知ったのは、残念ながら撮影スタッフから送られてきたドキュメンタリー映像の収録されたＤＶＤによってだった。だから、実際にはルワンさんとわたしは面識がない。イベント終了直後に急いで編集されたものを食い入るように見つめながら、直接参加できずとも何故か我がことのように嬉しくなったし、彼女の存在にある種の親しみを感じずにはおれなかった。昨今、各団体間の争いが可視化され始め、ある種の社会問題として連日報道を賑わす機会が多くなったとはいえ、現状はまだまだ楽観的に思われた。

通常、多くの団体の大半は日本人で構成されており、特に修士以上で学位取得のために日本に来た留学生や、日本語が得意でない留学生や団体に所属しない者たちにとっては、日本人との接点はないに等しかった。そのイベントは普段あまり接する機会のない日本人と留学生やその他との架け橋となるべく企画され、初めての共同企画にもかかわらず、多くの一般の日本人と留学生が、大勢の熱狂したギャラリーと共に参加した。今後も団体とイベントを共同で企画し、イベントそのものを完全収録したＤＶＤの販売を通じて、留学生や既存のどこの団体にも所属していない人々などとの国際交流を促進していきたいと思ったのだが、わたし自身も特定の団体に所属しないのが鉄則であるが故に、各所への連絡の面では、ある程度の困難が予測された。

既存の団体には所属していない人間として、普段様々に活動しているだけでは気付かないことが沢山ある。それは参加者の留学生の多くが、テニスをやってみたい、あるいはテニスを本格的に練習してみたい、と思っているということ。結果として、とある団体に興味を持っているという、熱狂的な連絡をくれた留学生もいた。これまで彼らを受け入れる態勢が、少なくとも既存の団体では整っていなかったことも、現実問題としてある。留学生がテニスをする機会がない、ほとんどが団体の構成員のみを対象としている、といった問題点を解決していくのが、テニスを通した国際交流を発展させることにつながっていくのではないかと考える。いずれにしても主催者は、多くの参加者がこのイベントに満足していたことを嬉しく思っているに違いない。そして、来年以降もこのイベントが継続していくことを約束した。その際には、一部で熱狂的に好評を博した同じ撮影スタッフによるドキュメンタリー作品として放送や上映やDVDなどのソフト化を予定しているので、いずれは読者の目に触れる可能性も大いにあるので期待して欲しいと言った。

今朝また、二〇一六年度の留学生三人が成田空港に到着したという報告があった。

今年度の留学生はタイ、アメリカ、フランスでの書類審査で厳選された三名。到着したばかりで、まだどの団体に加入するのか決まっていないはずの彼らには、緊張で凝固した非常に険しい表情が見られ、入国ゲートを通過した途端、外国人留学生のための支援団体の職員に一斉に攻めるように近寄ってきた。そして何故か三人とも、人相が明らかに悪い。だが、心の中ではこれから日本で過ごす一年をとても楽しみにしているに違いない。彼らは日本人の行動を、実によく見ている。だが、落ち着きがない人や予想外の行動をとる人にはあまり近づきたくないようだ。例えば行動の予測がつかない情緒不安定な子供。あとは、高い奇声のような大声を急に出す人には、誰でもびっくりしてしまう。あとよく言われているのは、目をじっと見るのはダメ。威嚇ととらえてしまう場合もあるようだ。いきなり手を出して触れようとするのも、怖がらせてしまうことになるようだ。臭いにも敏感なので、香水臭い人とかも嫌いなようだ。外国人特有の警戒心の強さから、人間を恐れてしまうこともあるように思う。彼らの気持ちになって少し考えてみたら、解決することなのかもしれない。だが、全国で連日催される国際理解に関する講演会への講師、パネルディスカッションへのパネリスト派遣などを通じて、そういった日本人と接する機会も増えるだろう。そんな三名の留学生のこれからの成長が、ドキュメンタリー映像として記録され、後日映像作品として発表される予定だという。それをいまから楽しみにしている。

壁の見覚えのない数点の写真には、多くの共通点が散見された。

再度、よく見直すと工夫された構図で撮影された写真であることに、気がついた。写真における構図とは非常に大切なものであり、評価に大きく関わってくる。しかし、どのような写真が好みであるのか、それは人によって異なる。綺麗だと他者に評価される構図であれば、それはおのずと綺麗な構図として認められる。他者の評価によって、写真が良い作品であるかを判断する基準が作られる。

今では写真は人気の趣味のひとつだ。高性能のカメラは、以前より気軽に購入することができる価格となっており、携帯電話での撮影でも十分に美しい作品にすることができるようになっている。そういった性能のいいカメラを数台用意して、落ち着きがない人や予想外の行動をとる人、高い奇声のような大声を急に出す人、情緒不安定な子供、目をじっと見つめる人、手を出して直接身体に触れようとする人、香水臭い人などに遭遇したときの外国人留学生たちの反応や表情の一部始終を、ラジコン駆動のドローンに搭載してムービーで撮影。

# 09　新しい曲より新鮮

撮影済みの映像は、深夜に一通りチェックした。

ドアフォンに睡眠を妨害されて意識が朦朧《もうろう》とした状態では、完全に馴染みのない声にしか聞こえなかった。

「哀原愁太郎だ！」

「アイハラ……アイハラ」

わたしは懸命に頭の中のアドレス帳を捲《めく》るが、どう考えてもその声にも名前にも聞き覚えはない。やはり知人ではないようだ。

やってきた男は、名前すら尋ねてもいないのに、自発的に自己紹介をドアフォン越しで始めた。用意してきたノートか何かに書かれたものを、所々つっかえたりして不器用に読み上げる。

その声には止めどもない怒りのようなものが含まれていて困惑した。

わたしは彼のどのような誇らしい経歴を耳にしようとも、ドアを開いて室内に招く気など当初から一切なかったので、顔も見たことのない人間の長々とした自己紹介など、退屈で聴いていられなかった。

玄関の向こうで姿の見えない相手が、わたしが真面目に聴いていると思い込んで気持ちを込めて自分の生い立ちなどを語っているのは滑稽なので、しばらく居間に行ってテレビのワイドショー番組を見ることにした。その前に、コーヒーが飲みたくなったので台所へ向かう。


ガスコンロよりも給湯器のほうが熱効率が良いため、水から沸かさずに給湯器のお湯から沸かしたほうが、よっぽどガス代の節約になる。

やかんでお茶を沸かしたりなど水量が多いほど効果的で、コーヒー一杯のお湯など水量が少ない場合は効果も薄い。ただ、我が家では効果が薄くても時間の節約になるため少量のお湯でも給湯器のお湯から沸かしている。また、給湯器からお湯を出す時に、はじめは冷たい水が出るが、その冷たい水は食器洗いに使用する洗い桶に溜めている。お湯を沸かすときは必要な分だけ沸かす。

計量カップを頻繁に使用するスタイル。多く沸かしても困らない場合は計量カップを使用せずに目分量でお湯を沸かしてしまいがち。例えば、熱いお茶やコーヒーに使用するお湯、カップ麺に使用するお湯などは、多く沸かしても、コーヒーとかカップ麺に使ってしまえるが、沸かしたお湯が余ってしまうと余分なガス代、水道代になってしまう。我が家でガスコンロを使用する時は、調理方法によって強火が必要な際には強火、弱火が必要な際には弱火にする。特に決まりがない場合には最もガス代を節約できると言われている中火でガスコンロを使用している。

ただ、中火にすることで実際にどれだけガス代が安くなるのかという事よりも、ガスコンロの炎が鍋からはみ出さない事が重要で、我が家では鍋底から炎がはみ出さないように中火にするという意味合いのほうが強い。調理の際、ガスコンロの炎が鍋やフライパンの鍋底より大きくなると、炎が鍋底からはみ出るため鍋の側面と鍋の周りの空気を熱している事になる。それでは余分なガスを使用している事になるので、鍋底からはみ出さない火加減が望ましい。料理によっては、強火でカラッと、弱火でコトコトとしなければ美味しくないものもあるが、火力に決まりがない場合は火加減は中火で鍋底から炎がはみ出ないように気をつけている。夏場は関係ないが、冬場の食器洗いに給湯器のお湯を使用している場合は、当然ながらガス代が高くなる。冬場に冷たい水で食器洗いをするのは苦手だが、冷たいという理由だけで給湯器のお湯を使用するのはもったいない。我が家の冬場の食器洗いは、布製の手袋をしたうえで少し大きめのゴム手袋を装着して行う。全く冷たくないというわけではないが、辛さは緩和される。手荒れ対策としても効果的だ。なにより、給湯器のお湯を使わないのでガス代を気にする必要がない。布手袋やゴム手袋は100円ショップにも売っているが、二枚重ねにするため100円ショップではなく、ホームセンターなどに売っている大きくて厚手のゴム手袋をよく購入する。

そうこうしているうちに、美味しそうなインスタントコーヒーができあがった。

大阪弁の司会者が、昨日起きたという事件について専門家の意見を訊く。台本に書いてあるような空疎な言葉がすぐさま放たれて、濁った色になってスタジオ内の空気の中に消えていくのが視覚として目に映った。画面外の視聴者たちが機械的に頷《うなず》く。彼らには、あまり独自に考える術がない。

続いてモザイク処理が施された加害者の家族のＶＴＲが流れる。

見ていて特に嫌な気分にはならなかったが、完成度の高いドキュメンタリーを観たとまではいかない。どう転んでも、良くできたルポ以上にはならない。

テレビの前の視聴者は「加害者の家族も断罪すべき」と考えている。

彼らが何故「加害者の家族も断罪すべき」と思っていることが明白であるのか。

加害者の関係者を一人残らずマスコミの前に立たせ、質問攻めにすることに視聴者が快楽を抱くことを前提として番組の台本が書かれていると言ってよい。

となると先に述べたように、大衆は「加害者の家族は糾弾されるべきだ」「加害者の家族も加害者だ」と感じているわけだ。しかし番組を盛り上げ、観客が被害者の親族に同情するために、あたかも日本人全員が「加害者の親族にも刑罰を」と考えているかのように専門家は答える。

ワイドショーは自分たちを含むメディアの批判や社会的メッセージを発信できるわけがなく、口当たりの良い制裁を選んだということになる。つまりは、社会派のように見せかけて、他の報道関係者への攻撃は、番組を盛り上げるために誇張されているとしか思えない。当然のことながら、誇張された司会者の煽りに視聴者のサディズムは大いに満たされるだろう。

一瞬気になって玄関に行ってみると、ドアの向こう側にまだ哀原の気配はあったが、自己紹介はすでに一通り終えているようで、黙っていた。

哀原は何故我が家を訪ねてきたのか、用件をキチンと訊ねるべきだったのだろうか。だが、その前にさっきより美味しいコーヒーが飲みたくなったので再び台所へ向かった。

今回はコーヒーカップにインスタントコーヒーと水を入れて、ダマがなくなるまでスプーンでよく混ぜた。テレビ番組で紹介されていて一度実行してみたかった、美味しいインスタントコーヒーの淹れ方を突然思い出したのである。

インスタントコーヒーを、コーヒー豆の抽出液を乾燥させて粉末状に加工した単なるインスタント食品のままとどめておくのは簡単である。確かに湯を注ぐだけでコーヒーが完成するのだが、そのプロセスも方法次第でいくらでもより良いものになる。

そして勿論ガスコンロよりも給湯器のほうが熱効率が良いため、水から沸かさずに給湯器のお湯から沸かしたほうがガス代の節約になった。

やかんでお茶を沸かしたりなど水量が多いほど効果的で、コーヒー一杯のお湯など水量が少ない場合は効果も薄い。ただ、我が家では効果が薄くても、当然時間の節約になるため少量のお湯でも給湯器のお湯から沸かしている。また、給湯器からお湯を出す時に、はじめは冷たい水が出るが、その冷たい水は無論食器洗いに使用する洗い桶に溜めている。お湯を沸かすときは必要な分だけ沸かす。

さきほども役に立った計量カップを、今回も使用。必要な水量が決められていない、または多く沸かしても困らないものは計量カップを使用せずに目分量でお湯を沸かしてしまいがち。例えば、熱いお茶やコーヒーに使用するお湯、カップ麺に使用するお湯などは、多く沸かしても、コーヒーとかカップ麺に使ってしまえるが、沸かしたお湯が余ってしまうと余分なガス代、水道代になってしまう。我が家でガスコンロを使用する時は、調理方法によって強火が必要な際には強火、弱火が必要な際には弱火にする。特に指定がない限り、やはり最もガス代を節約できると言われている中火でガスコンロを使用する。

そうこうしているうちに、美味しそうな二杯目のインスタントコーヒーが、カップに熱湯を注いで完成。本当にたったこれだけで、香りも味も、いつもとはまったく違ったから驚いた。熱湯ではなく水で溶かすことが重要である。

わたしは欧風貴族が飲むような味わいを安価で楽しめるインスタントコーヒーの味に、すっかり満足していた。喉を通る度にやってくる、険しい岩場に砕け散る荒波のように襲う怒濤《どとう》の安堵感。

「哀原愁太郎なんだが！　お前はどれだけ待たすんだ！」

背を向けた玄関の向こう側で、痺れを切らした哀原が、ドアベルを鳴らさずドアをドンドンと直接叩き始めた。無理もない。

対応に困って、途方に暮れたわたしはまたインスタントコーヒーを啜《すす》った。喉を通る度にやってくる、険しい岩場に砕け散る荒波のように襲う怒濤の安堵感に、返答を待ち侘《わ》びる者の存在を忘れた。

この安堵感によって、哀原がいったい何者なのかと考える余裕のようなものがやっと芽生えたのを、ひしひしと感じざるを得なかった……何故彼は我が家にやって来たのだろうか。これは哀原に対しての友愛のようなものに発展していく萌芽さえ予感させた。

丁寧な自己紹介など、もう二度としてくれないのであろうか。

わたしは期待せずにはおれず、思わず玄関のドアにもたれかかって、乞うことなく自分の要求が叶《かな》えられるのをひたすら望んだ。

暫くすると、以前よりは小さな声ではあるものの、さらに丁寧にゆっくりと聞き取り易く、哀原はその出自を再びドア越しに語り始めたのである。

それは相当に低い声ではあったが、優雅な音色を出す楽器のように聴こえた。小鳥のさえずりと響き合う音色が心地良く、迫力も十分申し分なし。ハープの繊細で奥の深い音色を思わす瞬間もあり、フルートのような柔らかく豊かな響きが織り成す心地よいハーモニーが趣ある空間に広がり、極上のひとときが訪れたのだった。もちろん草のそよぎや小川のせせらぎなど自然の世界にも、美しい響きは存在する。もし耳をすまして、心を開けば、そこかしこに常に素晴らしい音楽はある。

荒んだ精神の中から日常生活の塵埃《じんあい》を掃除したいと、かねてから願っていたわたしにとって、これはまさに至福の時間だった。

心を癒す音楽は、どれがいいということは基本的にない。

何よりも自分の好きな曲を聴くのが一番。

でも、リラックスしたいと思う時は、やっぱりアップテンポな曲よりはゆったりとできるような曲がいいのではないか。

例えば、ゆったりとした楽曲が特徴的なカーペンターズは、ビートルズ、サイモン&ガーファンクルと共に、以前はよく聴いていた。ポップで優しいメロディーは、カレン・カーペンターの伸びのある声とマッチしているし、その表現力と歌唱力は凄く身体に訴えかけてくる。どれも耳に心地よい曲ばかり。特にお気に入りの曲は「青春の輝き」「シング」「愛は夢の中に」「遥かなる影」「イエスタデイ・ワンス・モア」といった代表曲が中心になるだろうか。時代が経っても、いつも新鮮に聴こえる。カーペンターズは、ビートルズ、サイモン&ガーファンクルと共に、学生時代本当によく聴いていた。時代が経っても、やはりいつも新鮮に聴こえる。ズバリ言えば癒し。

いま聴いても、どの曲も耳に心地よいものばかりで、逆に新しい曲より新鮮に感じるから驚きだ。

わたしの住んでいるところは、意外に地域活動が盛んらしく、自由に参加出来る運動会やキャンプ等のおしらせが沢山、近所の掲示板にいつも貼ってあった。暇潰しにと、様々な催しに参加して、様々な人と出会った。そんな経験から実感したが、地域には、様々な活動が身近にある。自治会や町内会の活動は、役員などが輪番制で回ってくるかもしれないが、前向きにとらえれば地域デビューのよいきっかけになる。また、ボランティア活動も注目されており、自分の人生を豊かにするだけでなく、活力ある地域づくりにもつながるだろう。最近は子供たちの自然体験が少なくなっているということが意識調査からも明らかになっている。自ら自然体験の魅力を伝えられる保護者が少なくなっている現状から、自然にふれる楽しさ、怖さ、大切さを伝える指導者が求められていた。そこで、わたしは自ら、その指導者を買ってでたというわけだ。

三四歳の主婦である宮田晴子さんも、その活動の中で知り合った一人。郊外でのハイキングで知り合い、メアドを交換して以来、仕事中も晴子さんとやりとりした。わたしが彼女の美貌を誉めると、今度飲みにと誘われた。勿論、旦那さんには内緒だ。

当日、駅前で待ち合わせて餃子専門の居酒屋に。何でも子供を実家に預けた帰りとのこと。旦那には実家に行くと話したらしく……すると「今夜は泊まり?」と頭をよぎった。

楽しく餃子を食べて飲んで店を出た。歩きながら、白々しく後の予定を聞いた。晴子さんはどこかに泊まりたいと、恥ずかしそうに言った。

タクシーでホテル街に行った。まず二人でコンビニで買い物することにした。

自動ドアが開いた途端、雑誌コーナーに真っ先に向かい、最初に手に取った科学雑誌の記事に、わたしの目は釘付けになった。最新のUFO目撃事件の記事だ。

「先日、何の予告もなく森に出現した黒い姿の宇宙人たちは、全部で五人いた。中には上半身裸の非常にラフな格好の者も含まれていたという。彼らは我々地球人を前に終止無言であったが、去り際にマッチ箱に非常に酷似した物体を手渡してきた。手にした感じがマッチ箱……まず重さ。そして振ってみると、中にマッチが数本入っているような音。それは実際にマッチ箱であり、開けてみると中に数本の未使用マッチが入っていた。その辺で入手可能な正真正銘のマッチ箱だった。他の惑星でも地球で使用されているマッチとまったく同じものが使われていた! 残念なことに、彼らは高度な技術でUFOを自在に乗りこなすような文明を持ちながら、マッチ箱を広告などに有効に使っておらず、表面は地味な無地であった」

思わず声に出して、読み上げて、驚いた。つい先日、ハイキングに行ったばかりの、近隣の森の公園じゃないか！

宇宙人から貰ったという、表面に喫茶店やスナックの店名もない地味なマッチ箱の衝撃的な写真が、記事に添えられていた。不思議というには、あまりに地味な印象。

驚きのあまり、何かに追われるように、何も買わずに外に出た。買い物に来たはずなのに。慌てて、すぐにコンビニに戻った。

こないだ行ったときの森には、残念ながらそんな雰囲気は皆無だった。それらしき残留物すらも、わたしには発見できなかった。表面に喫茶店やスナックの店名もない地味なマッチ箱……そんなものが落ちていても、まず拾うことはないだろうし。

「再び森に行かねばならない」

内なる声が、わたしに囁いた。結構いい時間であったにもかかわらず、そこへ向かわねばならないという強迫観念に突き動かされ、タクシーで自宅に戻り、自家用車のプジョーで森へ急行しようとしたのだった。

以前からその森では、UFOの目撃例が何度か報告されていた。

しかし、それ以上に強姦など凶悪犯罪の温床といわれ、悪い評判ばかりが全国に知れ渡っていたのも事実。

車で森の周りを廻ったところ、おおむね住宅街になっていた。なるほど、確かに街灯は少なく暗い場所が多い。「痴漢に注意」の看板もあちこちに見受けられる。女性が一人歩きするには向かない。



10
犯罪者などの姿は一切見えない

森の中を散策してみる。とても暗い。

所々に街灯が備えられているが、ほとんどが闇の中。とても静かだ。近くの道路を行きかう車の音もここまでは聞こえてこない。時々、〝ガサッ〟と木々のなる音や、〝バサバサッ〟と鳥やセミの羽ばたく音が聞こえる以外は、自分の足音が響くだけ。

首を吊って、翌朝発見されるという形で自殺者が年に五、六度発見されているようだ。先日も遺体が発見されたばかり。若者が軽い気持ちでシンナー持参、樹々の香りとのミックスを楽しむ輩が、よくここを自殺の場所に選ぶ。不良っぽい奴とか、暴走族みたいな奴とか。だが、それはここに限ったことではない。夜の公園だから、いろんな奴が来る。小劇場などで芝居をやる人たちが稽古場代わりに使っている横で首吊り、なんてことも。少年による凶悪な犯罪事件なども多発し、学校での暴力がここにまで波及する場合も。学生がクソババア!クソジジイ!などと老人を罵る場面を目撃。強姦に関しては、以前はよくあったという話を聞いたことがある。車に連れ込んだ女をここまで連れてくる。最近はどうか知らないけれど。そういえば、半年くらい前にも一度あった。なんらかの原因で女性が自分に好意があると勘違いして、手を出すも抵抗されて。その際に女性が足の親指をケガ。強姦致傷罪での逮捕はありえる。この場合であれば、わざわざ通報するほどの事かと思ってしまう。悪いことではあるが、若気の至りというか、若者の未来を潰すほどの犯罪とは思わない。女性は服も身体も乱れるはず。そして、そのような格好で森から女性が出てくれば、通りすがりの人には、一目見て犯罪行為があったことは丸わかり。通報しないわけがない。また、手足を押さえつけて犯行におよんだそうだが、ケガは足の親指だけとは？　押さえつけられた際に手首などに痣《あざ》はできなかったのか？　強姦魔に迫られた女性が知人に連絡して「慰謝料取ろうぜ！」と通報したと考えるのが自然ではないかと思う。ケガが軽度なので、示談となり告訴が取り下げられる可能性もあるので、未遂ならば被害女性にも若者の未来を考えた判断をして欲しい。そういえば強姦犯が行為に夢中で、気付かない間にその脇で別の若者がシンナーに酔いながら首吊り、なんてこともあったらしい。

　知人の一人が、食事中やレストランの待ち時間、外を歩いている時にスマホをチェックしたり、トイレにまでスマホを持ち込むようになった。最初は使い方がわからず、わたしが教えてあげたり手伝ったりでやっと投稿できるレベルだったのだが、最近はFacebookの解説本を購入して詳しくなり、様々な国の人との繋がりを楽しむまでになった。立派な趣味となったようで、仕事の愚痴も減り、性格も明るく変わったように思うが、わたしがその人に注意をし、説教した結果、食事中はスマホはしないという約束にして、大分使用は控えるようになってくれた。しかし、どうもわたしが見ていない時以外の一人の時はずっとスマホをしているようだ。この人物が一人で出掛けた時、たまたま通りかかって様子を見ていたのだが、やっぱりずっと歩きスマホをしていた。歩きスマホはマナー違反でもあるし、何より本人にとって危険なので、何か起こる前にやめてもらいたかった。そもそも、歩いている時まで見ないといけない重要な画面って何なんだろう。彼に「最近歩きスマホをするマナーのなってない人が多いっていうニュース見たんだけどどう思う？」と言ってみたら、「それは人としてダメだね」と言っていた。重病である。それとも、私が気にしすぎで、一人の時くらい放っておいてあげるべきか。だが、



10　犯罪者などの姿は一切見えない

この森を深夜たまたま散策しながらスマホを楽しんでいた彼が、首吊り自殺者を目撃した際の衝撃は、我々の想像を遥かに超えるものであったらしい。さすがに写メで死体を写すなんて趣味の悪いことはせず、すぐに警察に通報したらしいが、そのときの彼の狼狽振りは、容易に想像がつく。せっかく通報したのに、「あわわ」としか言えなくて、落ち着いて用件を言うまで、かなり時間がかかったらしい。とにかく自殺の名所、UFO目撃スポット、強姦多発地帯とか言われているようだが、結果的にはそれほどでもないと思う。といっても、自殺者は後を絶たないみたいで、そのせいか〝心霊スポット〟になっているという話もある。稲川淳二も鳴り物入りで来たことがある。事件といえば、だいぶ前に何人かの警官が立て続けに惨殺された事件があって、その際は大騒ぎになったが、ただそれだけ。最近は、出入り口近くの広場に浮浪者が住みついているが、特に悪いことはしていない。血に飢えた暴力団員が溜まることはある。実は、その暴力団の組長とは知り合いだ。風俗には頻繁に通うようだが、強姦とかそういうことはしない連中だ。最近は地味にしか活動していないみたいだし、女の人が怖がるのも無理はない。わたしが小学生だったら、怖いから近づかない。近隣の学校なら先生が「変質者が出るから早く帰りなさい」と通達するだろうし。実際、不審者とか痴漢も、時々出現するようだ。さすがに、こういう立地だから安全地帯というわけにはいかない。「安心して通れ」とは言えない。確かに、そういう痴漢とか不審者には注意が必要だ。この辺りは、原付にでも乗って通り過ぎることをお勧めする。だが、〝犯罪者や自殺者や強姦魔の巣窟〟とまでは言いすぎだ。地元の人が聞いたら気を悪くするだろう。それに従来の公園と違って禁止事項を定めることなく、「自分の責任で自由に遊ぶ」をモットーに誰もがのびのびと遊ぶことができるので、日曜日の昼間などはわたしが率先して子供の興味や関心を引き出したり、人と人とをつなげたり、時には子供のよき相談相手にもなっている場所でもある。誰もが自主的に「やってみたい!」を実現できる遊び場。子供たちが市内と違って、のびのびと遊ぶことができる。評判を聞くだけでは無秩序な場のようにも思え、犯罪者や自殺者や強姦魔などの巣窟のような印象もあるが、そこは子供たちが遊びを通して正常な人間関係を作り上げたり、想像力や豊かな情緒を育む場でもある。わたしはこの森にやってきた人ならば、それが汚れなき子供だろうと犯罪者や自殺者や強姦魔や暴力団員だろうと劇団員だろうと区別なく相談にのったり、一緒にできる遊びを考えたり、ケガや困った時の対応をしたりすることができる。

深夜にもかかわらず、わたしは草の上に寝ころがったり、木に登ったり、リスと遊んだり、落ち葉に埋もれたりした。森からの贈り物を使った遊びを通して、自然の力を発見したり、感じたりした。この日に限ってのことなのか、犯罪者や自殺者や強姦魔や暴力団員などの姿は一切見られなかったので、人目を気にすることなく、のびのびと森を楽しむことができた。

# 11　ボンジョルノ！

朝から公園で、ジョギングする健康的な人々の群れが遠くに過ぎ去っていく後ろ姿が、ベンチで半眠状態の意識に現れる。薄目でボンヤリとしか像を結べないランナー集団の中に、幽霊ランナーが交じっているという妙な確信を得る……前を走る人を何度も追い越そうとしても抜けず、角を曲がった途端、その姿が見えなくなる、という怪談を人から聞いたのはいつだったか。

興味本位に、彼らを追う。普段から走る習慣などあろうはずがないので、ついて行くのは一苦労だ。それに寸前まで、ベンチで浮浪者みたく怠惰に寝ていたのだし。

それに自分は、白に赤いラインの入った典型的なスポーツマンの着ているようなものを身につけているわけはなく、会社に遅刻するとか、まったく別の事情で走っているようにしか他人からは見えないだろう。早朝だから、走っている人以外は、犬の散歩をしている愛犬家しかいなかった。彼らは犬の糞の始末に夢中で、他のものには目もくれない。

確かに心の底から走る欲求が掻き立てられるような、マラソン日和。日光は、取って付けたような偽りの躍動感を与えてくれる。

人間が健康的に生活していくには、体内にしっかり酸素を取り入れる必要がある。脳も神経も内臓も筋肉も、体内に酸素を取り入れなければ正常に働くことはできない。

ある研究によれば、1km7分ペースで移動するような強度の運動（これはゆっくり走るペースだ）をしていると、40ml／kg／分の最大酸素摂取量を維持できることがわかっている。運動によって体内の酸素の必要量が高まるため、それを取り入れる能力が鍛えられるというわけだ。闇雲に走るのではなく、ゆっくりと余裕を持って走るのは、この酸素摂取量を維持するのに最適な運動である。日常生活を、ただボンヤリと過ごして、毎日酒を飲んだり、たまに思いつきで走り出したりするだけではなかなか得られない。

酸素を身体中に行き渡らせ、臓器を活性化させるのに最適なのが、この「走る」ということだ。

幽霊のようなボンヤリとしたものを目撃してしまうというのは、まさに酸素が脳に行き渡っていず、酩酊状態になって幻覚が引き起こされているからだ。

前を走っていたランナー集団の数が、確かにやや減ったように見えた。彼らが走る様は、まるでボウリングのピンが陽射しに揺れているようで、にぎやかに感じられた。少なくとも十人以上はいたその中に、マラソンに相応しくない色の鬱々とした装いのランナー数名が、最初は交じっていたのに、いまはいない。完全に消えた。

まだ走り続けているランナーの、最も精神が健全そうな人に「さっきから一緒に走っている人数が、ちょっと減ったような気がしませんか？」と訊ねたいのだが、最後尾の一人にすら追いつけない。

それでも追いつこうと必死に走っていると、脳からエンドルフィンという麻薬のような働きをするホルモンが分泌されたのが感じられた。これは疲労感だけでなく、通常の感覚を麻痺させる作用を持っている。筋肉や関節の痛みや現体制に対する不満や現首相に対する真っ当な殺意すら、走っているうちにだんだんと軽減されるのが感じられた。これはエンドルフィン特有のＭＤＭＡにも似た劇的な効果だ。

そのせいか、マラソンランナーらしからぬ派手な色の装いをしたランナーがまた数名、ちらほらと彼らの中に交じり始めた。十人以上いるように思える。

エンドルフィンによって疲労感が軽くなったり、鬱が消えたりして、あまり悩まなくなるのは、疲労や痛みや悩みや憎しみや厭世《えんせい》的な気分や鬱が実際に解消されたのではなく、脳内麻薬によって感覚が鈍化させられただけだ。過剰に走ってしまうと、走り終わってからいっそうひどい疲労感や痛みや憎しみや厭世観や鬱や幻覚に襲われることになる。ランニングで疲労感がとれる他の理由としては、走ることで乳酸などの疲労物質が取り除かれるためだ。激しいトレーニングや競技の後などは、筋肉に疲労がたまっている。そんな時は、じっとしているより、軽いランニングを行って血液循環を良くしたほうが、疲労感を速やかに取り除くことができる。走った後に軽い運動をするのも、疲労がたまるのを防ぐために効果的だろう。

走っている間は、誰もいない早朝の街中を走るのはこういう気分なのか、という初めての感覚に胸が躍った。こういう絵に描いたような清々しさならば、毎日でも感じたい。そのときは素直にそう思った。だが、次第にマラソンでなくても、適当にその辺を掃除するとか、モーニング目当てで入った近所の喫茶店での読書でも、朝の清々しさに触れるのは十分可能ではないか、と。

ちょうど高速道路の進入口の横断歩道にさしかかったとき、ボウリングの球がピンのすべてを一瞬にして引き倒すかのように、固まって走っていたランナー集団に黒いダンプカーが突っ込んできた。青信号で安心して渡ったのだろう。走るのに懸命だった彼らには、何の非もない。不意をついた惨劇に啞然《あぜん》となった。無理を押してあの群れの中のひとりと会話したかったが、仲間に入らなくて正解だったようである。こんなことになるようでは、健康もなにもあったもんじゃない。すべてが台無しになった瞬間だった。

道路は、突如マラソン日和らしからぬ陰惨な色に染まった。被害者たちに内在していた疲労感や痛みや憎しみや厭世観や鬱が、抽象画家のパレットの上に普段は使わぬ色だけが集められて雑然とぶちまけられたように飛散していた。何ともやりきれない気分。

「これは無情だな……」

それ以上の言葉は出なかった。誰に聞かすわけでもないので、特に言葉にする必要などなかった。

しかし、壊れたマネキンの群れを嫌々ながら凝視していると、くすんだ彩りの中にも様々な色が潜んでいるのを発見した。だが、それ以上の収穫は、ないといえば何もなかった。また、そこには他に誰もいなかったので、特に言葉にする必要はなく、ただただ黙って吐き気と闘うしかなかった。

惨劇の現場となった横断歩道からやや離れた路肩に、黒いダンプが停まっている。黒の印象を強くさせる色に染まった幌には、血走った目玉のようなものが二つ描いてある。海外製の凧、ゲイラカイトを思い出さずにはおれない。

サイドミラーから見える車内から運転手が出てくる様子は、いつまで経ってもなかった。

多くの人命を奪った過ちを、人道的に非難するために、その登場を心待ちにしているわけではなく、寧ろ哀れさから人そのものを見たくない気（加害者にも養っている家族がいるのだろうと、想像するのも嫌だ）さえしていた。

しかし、中々運転席から誰も出てこないのを、息をのんでじっと待っていると、最初から運転手など存在していなかったかのように思えてきた。黒いダンプからは人の気配がまるで感じられないのだ。

やがて、ドス黒い凶器となったダンプカー自体が、独立した凶暴な生物のように感じられ始めた。

そして、いまは息を殺して、唯一の目撃者を狙っている……その獲物は自分。エンドルフィンによる感覚の鈍化のせいなのか、尖った殺意を肌で感じるまでに数分を要した。

気分転換に、ダンプが停まっているのと違う方角に目を向ける。

明らかにマラソン目的でなく、忙《せわ》しなく走っている人物がこちらに向かってきた。マラソンランナーに相応しくない黒い装いが、特に目立った。以前と違い、最近のスポーツウェアには様々な色が使われているのは知っている。

とりあえず、その人物の横を黙ってついていくことにした。

全身が黒。人というよりも、つい先ほどまでハンガーに吊るされていたような黒い衣装に、ふとしたきっかけで生命が与えられて、誰に操作されているでもなく活発に動いているという感じがして、なかなか話しかける気になれない。

そんな得体のしれない人物と、さわやかな日光のもとで並走しているのは、不安を掻き立てられるというよりも、何故かとても心が洗われる気分だった。根底からすべてを疑わなければならないような衝撃的な出来事の後では、何もかもが面倒になって、もはや何の疑いも起きないような。

今日は行かねばならぬ用事があった銀行と、特にコーヒーが美味いわけでも店主の愛想が特別いいわけでもないのに、何故かつい寄ってしまう喫茶店の前を通り過ぎ（どちらも、まだ開いている時間帯ではなかったものの）、普段は使わない路地に、躊躇なく黒い装いの人物は入っていった。この人物は、普段どこで生活し、どこに勤めているのか。そんなことを知ったところで、いったい何の役に立つというのか。走っていると、そのような愚かな疑問も、結局はきれいさっぱり消えてしまう。

通りすがりに、家の前で水撒きをしている中年女性と目が合い、彼女が「おはよう」という言葉をさわやかに発したのを耳にした。その家で飼っている大型犬までもが、朝の喜びを表現するかのように大いに吠えた。

見知らぬ中年女性は、過ぎ去っていく二人のランナーのどちらに向かって挨拶したのだろうか。戻って確認したかったが、結局は走るのに専念するしか選択の余地はなかった。このような黒いランナーを目撃して並走するのが、それほどまでに貴重な体験のように思えていたのだろうか。確かにそんな経験は滅多にあるまいと思う上に、いつもと違っていつまでも際限なく走れるような気分になっていた。

局地的に集中する、ちょっとした住宅街が終わって、国道のような広い道路に出た。信号がちょうど青で、待つ必要もなく二人でタイミングよく横断歩道を渡った。朝にもかかわらず、結構な数の車が信号を待つ。多くの車からは、疲労による倦怠感が漂ってこないわけではなかった。とりあえず意識に入れない、という選択の自由はあった。

途中、停車している、ダンプカーの前を通った。

多くのランナーを轢いたあの残虐な黒いダンプカーに酷似していたので、緊張を強いられる。だが、よく見ると明らかに別のものであり、目立ってハデな配色の塗装で、車体には虹を渡る鳩の明るい絵があったので安心した。新興の引っ越し業者のものなのか、絵には覚え易い電話番号が書いてある。特に現在、引っ越しを迫られているわけではないので、残像を脳に刻まれないように消去する。

運転手は、かつてドキュメンタリー映画で観た、泥酔したイタリア人労働者の群れにいそうな、いかにも陽気な男だった。助手席には大型犬が大人しく座り、こちらを見つめる。

目の前の運転手は別段酔っているのではあるまい。心の底から陽気で、生まれながらの明るい性格。

場合によっては軽薄に見られてしまいがちな笑みを向け、実際に聴こえはしなかったが「おはよう」と呟いているのが口の動きでわかった。決して侮蔑でなく、素直な気持ちから発せられた清々しいものに違いない。しかし、そのダンプの見知らぬイタリア人風運転手は、過ぎ去っていく二人のランナーのどちらに向かって挨拶したのだろうか。戻って確認したかったが、いまは走るのに専念するしか選択の余地はなく、相手に聴こえたかどうかはわからないが、人見知りの性格ながら、それが小声であったとしても、とりあえず「おはよう」を元気よく返してみようと思った。

「Buon Giorno!《ボン・ジョルノ》」

12

# 昼からバスローブは

近所でのちょっとしたマラソンの際、たまたま通りかかった住宅には「松田」と、表札には書いてあった。だからといって、そこに住む全員が松田姓である決まりはない。だから、その住人に遭遇した際、先入観だけで相手を「松田さん」と呼ばないよう、心がけなければなるまい。

無事帰宅し、わたしは熱いシャワーを浴びた。

浴室から出ると、きらびやかな金色のバスローブに身を包み、居間のソファーに腰かけた。わたしは最近その金色のガウンをとても気に入っていて、普段自宅にいる際にはこれを身につけていないとダメだった。

バスローブというと、ふかふかの白いタオル地で高級なイメージ。でも実際には、使いたいとは思っていなかった。なにせ面倒くさがり屋なので、あんな大きなものを洗濯するのは一苦労。うちの七kgの洗濯機には、バスローブが一つ入ってしまうと他のものと一緒には量的にも無理だ。ドラマの中で見かけるとか、ホテルの宿泊の時に使うかで十分。ラルフローレンのバスローブなんて、どう考えても遥か遠い存在だった。

以前にはバスローブやガウンなど着る習慣はなかったし、それに金持ちが寛ぐための装いという偏った印象のせいで、何となく自分とは一生関係のないものと、心の中のどこかで決めつけていたのだが、何かのついでに行った衣料品の店で発見した金色のバスローブは、いかにも金持ちが燃え盛る暖炉の前で、片手にはブランデーグラス、もう片方の手では猫をなでるときの装いというイメージのものでありながら、非常に価格が庶民的であったので驚いた。

実際の金持ちが着るものと違い、安手の布や加工などの処理に手間がかかっていないなどのコストダウンを図った商品なのか。一着は金持ち用のバスローブを入手してみないと比較は出来ない。

とりあえず試しに買ってみて、もう帰宅後には着てみたのだった。

金銭に余裕がある層がこぞってバスローブを着たがる感覚。残念ながら、すぐには理解できそうになかった。特に着心地が悪いということはないのだが、かといってこのような薄手のものを身につけていることの何がいったい良いのか、長時間経つと自分でもよくわからなくなってくる。

よくわからないなりにも、わたしは懸命に考えた。結論として欧米などではバスローブが、富裕層の特権的な装いというわけではなく一般家庭でも支持を受けているのではないか……咄嗟にわたしは、その推理が然程的外れではないのではと思い始めた。

ネットなどで調べてみると、バスローブというものが以前よりはコストダウンに成功し、庶民にも広がりをみせているという情報を得た。

ブランド品でも何でもないバスローブに、すっかり馴れ親しんだわたしが、次のステージに進むにあたって狙ったのがラルフローレンの高級なもの。

ラルフローレンの店舗があるアウトレットモールで探してみた。ここに行けば必ずラルフローレンのバスローブがあるとは断言できないのだが。仮にラルフローレンのバスローブがなくても、各種のラルフローレンの商品が、格安、激安価格で出ているだろうから、ラルフローレンのバスローブを求めているような人なら、十分に楽しめるだろう。ラルフローレンのアウトレットモールで扱っているものなら、偽物の心配はしなくていい。ラルフローレンのバスローブに多くを期待しないで、ラルフローレンのバスローブの他も見るつもりで、ショップに行ってみてもいいだろうとは思う。もしかしたら、アウトレットモールに出店している他のブランドで、素敵なバスローブを見つけることができるかもしれない。

次の日曜日には友人の運転で、郊外のアウトレットモールに行ったので、少々値は張ったが、首尾よくラルフローレンのバスローブを入手できた。

それ以来、他の衣服に着替えるのが億劫になり、ラルフローレンのバスローブを着たまま、近所を徘徊するようになってしまった。

これを着ていると、以前ならば近寄るのを無意識に躊躇していたような場所にも、何食わぬ涼しい顔でズカズカと侵入できるようになったので不思議だ。

着ているのが高価なブランドのラルフローレンだから、浮浪者ではない。だからどの状況においても上から目線の関係者という雰囲気を醸し出すのに都合がいいのか。

わたしが大胆に不法侵入したのは、いずれにしても半分は誰も住んでいないような廃墟ばかり。だが、ときには半壊ながらも明らかに人が生活している雰囲気の建物に侵入したケースもないわけではない。いきなり住人らしき人間に遭遇し、その度に驚いたものだが、大概は土地の地主然とした態度をしていれば問題なかった。

しかしバスローブには、着ている人間そのものを見た目だけでも確実に豊かにする凄い効果がある。しかも貧しい者ですら直感で、高級品だとわかるラルフローレンである。

それを着て、さまざまな場所に現れたわたしは、目撃した誰の目にも地主的な人物に見えたらしい。関係者以外おことわりのどんな場所でも、勇気を出して地主のフリをすればどこだって入って行けた。金持ちと間違えられるのは、まんざら悪い気分ではない。

若干肌寒い季節になっていたとはいえ、その日も、わたしは自慢のラルフローレンのバスローブを着ていた。晩夏から連日身につけていたせいで、汚れが多少目立ったが、それでもラルフローレンのブランドは確固たるものがあり、高級品としてのイメージはちょっとやそっとでは壊れるものでないのを実感した。

バスローブといえば西洋のイメージがある。日常のバスタイムでバスローブを使うことがない人でも、旅先のホテルにバスローブがあったら、どんなものであったとしても、とりあえず誰もが着る。

「どのタイミングでバスローブを着るのか?」という質問がよくある。湯上がり後すぐにバスローブを着るのが正しい。人間は一定の体温を保つために汗をかく。なので、風呂上りは温まったカラダから熱を放出させるために汗をかく。バスタオルで拭いてすぐにパジャマを着ると、その汗はパジャマが吸収することになる。子どものころ遊んだ後などに「汗をかいたから着替えなさい!」とお母さんに言われた記憶は誰しもあるだろう。汗をかいたままの服は、身体を冷やしてしまう。お風呂あがりも同じで、汗を吸収したパジャマを着続けると汗で身体が冷える。

以前から当たりをつけて訪問した住宅には「松田」と、表札には書いてあった。だからといって、そこに住む全員が松田姓である決まりはない。だから、そこの住人に遭遇した際、先入観だけで相手を「松田さん」と呼ばないようにしなければ。

在宅かどうかはどちらでも構わないのだが、家の周りを何度も廻った。昼間だから、中に人がいるかどうか、何となく雰囲気から感じ取るしかない。夜中なら夜中で、部屋の中が消灯しているせいで、住人が寝ているから暗いのか、誰もいないから暗いのか、まったく見当がつかない。そして住人が寝ているから中から音がしないのか、誰もいないから音がしないのか……とにかく想像してみるしかなかった。自分の持って生まれた勘を試されているようで、非常に緊張した。

何度も「松田家」を廻るうちに解けていくと思われた緊張が、よりいっそう高まっていくのを止められないでいた。

きっと、傍でわたしを見つめている人間ならば、冷静を巧妙に装ったお陰で、何の変哲もない穏やかな雰囲気しか感じ取れなかったであろう。単に知らない土地に来て、道に迷ってしまった、バスローブ姿の平凡な男。

立ち止まって、タバコを吸った。

徐々に落ち着きを取り戻した。その結果、作戦変更で「松田家」への侵入は後日に回すことに。もっと、早期の決断を待っていたのに、と自分に対して内心ガッカリもした。

「やっぱりラルフローレンといえば、イギリスの貴族階級の間で嗜《たしな》まれるポロ競技のイラストだよ」

わたしは自分の着ているバスローブの胸のマークを、しばらく見つめてから呟いた。


翌日、郵便局に用事があって行ってみると、荷物の送り状に鉛筆で必死に書き込んでいる青年の姿が目に入った。何気なく送り先や送り主の欄を盗み見してみると、どうやら例の「松田家」の住人らしかった。こんなに簡単に出会えるとは思ってもみなかったが、送り状の達筆な字とは打って変わって、字が書けるような知性ある人間にはとても思えなかった。局員との会話を聞いていて、ほとんど頭の悪い猿との対話みたいな感じだったのである。猿の体毛を全部抜いて、その上から人間のカツラを無理に被せたようだ。「こりゃ猿みたいなんてレベルじゃない！　正真正銘の本物の猿だ！」

わたしは一瞬、大きな声で叫びそうになったが我慢した。

その代わりに、通りかかった中年男性が声を上げた。

「こいつは人間のフリした猿じゃないのか?」

郵便局にいた職員を含む全員が爆笑した。

だが、わたしだけが冷静になって、再び凝視してみると単なる猿にちょっと似ているだけの人だったのがやっとわかった。

「なんだこいつ本物の猿じゃないんだ……」

これには内心ガッカリした。彼からは獣じみた猿の臭いがちゃんとしたし、自分が猿呼ばわりされているのにも無自覚なようだった。その仕草から猿に間違われても、決して文句は言えまい。

「やっぱり猿でしょ、彼」みたいな会話が周囲でひとしきり続いて、わたしはその場にいたひとりひとりに丁寧に「猿に似ている人なんです」と正したくなったのだが、恐らく誰も自分の意見など聞こうとはしなさそうなので、だんだんとイライラし始めた。

ここは本人に「僕は猿ではありません宣言」をさせないことには、先に進めない。

色紙とサインペンを持った学生が、彼に近づく。

「ここに大きな字で「猿」って書いてください」

もちろん「猿」なんて難しい字を書けそうなヤツじゃないし、書いたら最後。もう訂正は一切利かず、即猿扱い。猿の収容所行き。猿の最終処理場。

ここはいっそのこと、猿の擬態を人間らしい知性で誇張した演技を見せて、逆に猿でないアピールに出るのが賢明かつ延命かと。

「君ね、ここの郵便局で猿じみた行動ばかりしていると、やたらとウケがいいみたいだよ。もっと猿になった気持ちに徹底的になりなさい」

わたしの進言した内容が、まるで彼の中に響いていかない。上滑りして、すべて空気につかって空しく消えてゆく。猿、猿、猿……。

もう、いっそ彼が本物の猿であってくれたなら……猿に似ているというのをコンプレックスとして受け止めず、寧ろチャームポイントにするべきなんだ。猿みたいだって言ってきた無神経な人も、決して悪意からじゃなくて、可愛いねって意味の親しみで言ってきたと思うべきなんだ。

猿捕獲用の網を持って、某有名動物園の腕章とユニホーム姿の男二人が郵便局内に入ってきた。彼らに捕まったら、もう最後。仲間のいる猿山に連れてって、猿に似てる人間を放つなんてことは絶対にしない。動物実験用の檻に監禁。脳味噌取り出されて、ホルマリン漬け。無情にも、サイコロステーキみたいな細切れのバラバラにされる。

意外にも某動物園から来た風の男達の物腰は意外に柔らかく、優しい感じで、乗って来たワゴンにゆっくりと誘導。

「あーあ、だからその人連れてっちゃダメだよ！　本当は猿じゃなくって、れっきとした人間なんだってば！」

わたしは郵便局前から、いままさに発進しようとしているワゴンに向かって大きな声で言うが、さらに大きなエンジンの音に掻き消された。

昼間からバスローブ着て、外をうろうろしている人間の話なんて、まともに取り合ってくれやしないんだからさ!

# 13　眼球はみな同じだ！

やがて何を差し置いても、いまこの瞬間書かれるべき事柄は、すべて忘却してしまったのに、ハタと気がついてしまった。

以前、書き留めておきたかったものが、「かつては書き留めるに値したもの」として、記憶の奥底から時間差で浮上してくる。それには最早、何の価値もなくなっていたので、何を何のために思い出したのか、よくわからなくなってくる。

連続して紡がれた思考から外れたものは、すぐに何の価値もなさなくなるのだ。

唐突に、何の因果もないものを思い出す。取り留めのないものが、ボロボロと落ちて床に散らばる。どれも再利用の可能性もない、役に立たないものばかり。

文字を消す前に、消しゴムのカスばかりが増える。それ以前に、原稿用紙に文字などまだ一つも書かれてはいなかったのであるが。

タチが悪いのは、人工的な材質によって、用途不明なまま量産されるものたち。はっきりとした赤や黄色や青といった色彩をまとっているものはまだしも、時として透明でありながら形を有するものが特に不要だった。

自然からの不要物が加わって、一層混沌とした状態へと誘う。無用に立派な松ぼっくりや、絶対に食べられない不味い木の実などが知らないうちに用意され、より混乱の度合いを高めた。

すでに何が必要で何が不必要なのか判別できなくなっていたものの、とりあえず集められて、遂に強力なジューサーミキサーにかけられる瞬間、誰もが反対の意を表明しようとはしなかった。というか、事実上誰の意向も聞かぬうちに強制執行されたようなものだった。用意された業務用ジューサーミキサーは、果実や野菜を微細に砕いて繊細な飲料を作るためのものではなく、いわば大きな音を出すのが目的の騒音災害。すべてのものが一遍に砕け散った音が、ひとつの小さな穴めがけて暴力的に注がれる。明らかに許容範囲を超えた音のせいで、耳から血が出てはいないかばかりが気にかかったが、それもまた一興かと思う余裕もないわけではない。振動だけでも周囲を破壊するのではないかという懸念すらも破壊するほどの轟音が、すべての事情をなぎ倒す。

どのような建築資材であっても、たちまちバリバリと噛《か》み砕かれ、灰色の不味い工業オートミールに姿を変えた。それがまた何とも形容し難いが、確実に食欲をなくす臭気を放った。せめて内面だけででも抵抗しようと、ひたすら豪勢な中華料理の写真を思い浮かべていたが、臭気が思考にまで浸食してきたのを感じ、実際には味わっていないのに、過剰な油が、想像上の強烈な胃もたれを引き起こす。

身体的な不快から神経を解き放つため、夜逃げしたばかりの八百屋の店舗部分を、ブルドーザーが強制撤去する様子をふと思い浮かべてみる。昨日までは新鮮だった野菜たちがキャタピラーに引き裂かれながら、沈みかけている船から我先に逃げた店主を恨む大合唱を始めたかのような悲痛な叫び。この世の終わりとばかりに、生き物のような意志を持って動き出す野菜も中にはあったかと思えた。

そして鼓膜にこびり付くような、物質感を喪失した鈍い響き。これは実際に耳から血が出てくる音が、内部からダイレクトに聴こえたものかもしれなかったが、この際それはどうでも気にならない。

灰色の不味い工業オートミールが手際よく鍋に移し替えられ、小型のコンロで煮始められる。冷製を飲むよりは加熱したものの方が身体によい、という配慮が、皮肉にも却って悪臭をもたらした。加熱すれば家庭料理の温かさが付加されるというのは気のせい。そんなもの誰が食うのかなどと、いまさら問うものは皆無だった。

日本の代表的な民芸品といったらコケシ。

あえて形容するならばコケシとしか形容できない人間の一団（彼らは決して人形ではなく生身の人間）が、煮詰まった工業オートミールのたっぷり入った鍋の前を陣取り、それぞれのスープ皿に、誰かが親切に配膳する瞬間を黙って心待ちにしている。

配膳開始の時刻が、待っていればやがて来ると、コケシ同然の人々が過信しているのとは裏腹に、その瞬間を告げる電光掲示板は設置されていなかった。そのためにいつまで経っても配膳されなくても、不満の声はひとつも上がらない。絶えず「いま来るぞ、いまから配膳されるぞ！」という熱狂だけで、いくらでも時間は過ぎていく。

鍋はどんどんと煮詰まるばかりで、何ひとつ配膳される気配はないので、凝視し続けているこちらとしては多少イライラしてくる。

「誰かが進んで配膳を！」

前向きな提案を、親切心から大声で叫びそうになる寸前で、ふと我に返って発声を拒む意識に従う。大声で提案したところで、聴衆はしょせんコケシ同然の者たちで、彼らには優れた配膳能力も、または自主的な配膳の意志も期待できなかった。

そもそも彼らが配膳を待っている、というのも憶測に過ぎず。そもそも、最初からただコケシ同然に何の意思も持たず、穏やかにニコニコと佇んでいるだけなのかもという懸念。

だが、いかなる懸念も、過剰な轟音と悪臭の中では簡単に消失されてしまう傾向があり、振り出しに何度でも戻る。いくらコケシ同然とはいえ、実際にはコケシとは別の何かなのだから、少しは自主性の萌芽らしきものを見出させてくれてもいい時期だ。

現在の冷静な判断力からすれば、そのような期待は、動物園の猿がいつ人間になるのか待ち続けるような徒労でしかないのは明白であったが、何となくそのときはその僅かな希望にすがって現状維持しか選択肢はなかった。

コケシ同然の扱いをされているという自覚を彼らに促し、そこからの脱却を引き出すには、想像を絶する徒労が予測できた。時折、それぞれが「コケシ扱いされるのだけは嫌だ！　ひとりひとりが血の通った人間なんだ！」などと思う瞬間もあるのであろうが、それが大きな主張に発展することはあるまい。所詮は分断され、孤独であるという開き直りから来る無言の態度だけが感じられる。それは傲慢といえば傲慢だが、声に出してまでの批判の理由にはなりえない。

すべてが未解決のまま、厚手のジャケットを着て、自宅から外に出る。

凍てつくような鋭利な空気が風によって、わたしの顔面を撫で付けた。剃るような髭など生えているはずもないのに、余計な親切心からか敵意か判別しかねる手が伸びてきて、喉元にカミソリを当ててくるのを感じる。

マンションから出てすぐの路上には、まだ昼を過ぎたばかりだというのに、ひとりの通行人も見かけはしなかった。すでにその瞬間から、わたしは不穏な状況を察し、えも言われぬ戦慄に身を委ねるしかなかった。だが、わたしは叫び声を上げるなどという反応は一切せず、ただただ装着したてのインスタントカイロのような地味な恐怖感に対して、自分の冷静な感覚を死守するしかなかった。

しかし、その状態をキープできたのも束の間だった。いまから考えたら所詮、死守できたと思い込んでいただけに過ぎないのかもしれない。

いつも利用しているクリーニング屋の店主が、自転車に乗ってわたしの前を通り過ぎていく様を目の当たりにした。洗濯物の配達に行く途中なのだろうと思ったが、確かなことは本人に訊かなければわからない。

「オレの目を見てくれ。そこから真理が見えるはず」

実際にはそう声に出して言ってはいなかったが、彼の目は何かを確実に物語っており、その無言のメッセージから誰しも多くの言葉を得るに違いない。

目だけではなく、その背中からもまったく異なったメッセージを発していたのを、わたしは過ぎ去る後ろ姿から確認した。

「だが注意しなければならないのは、真実がたったひとつであったことは、寧ろ稀であったこと。宇宙の星の数と同じ分だけ、正しさが存在しているのを肝に銘じるべきだ」

それもまた、彼の存在そのものから発せられた力強い言葉の一つなのかもしれない。

どこへ行っても、通りの人影はやはりまばら。

試しに、いつも行列のできる人気ラーメン店を覗きに行ってみたが、客が誰もいないどころか、休業日でもないのに営業時間のはずの時間に、シャッターが降りていた。特に閉店したというインフォメーションもなかったので、わたしは納得できなかった。

濃厚スープに太いめんが特徴のつけめんが人気を呼び、雑誌やテレビなどで頻繁に紹介されて、営業中は常に行列ができるようになった。三時間待ちも当たり前の人気店。連日尋常でない長蛇の列が絶えず、近隣住民から「通行の妨げになる」などの苦情が度々寄せられていたため、店主は「これ以上、近隣の皆様に迷惑をかけられない」と独り言を常に呟いていた。結局、近隣住民と仲良く出来なかったのが最大の原因なのか。

確かに開店以前の内装を、そのまま居抜きで利用していたし、テーブルや椅子も古いものを流用していた。店がオープンしたばかりなのに、フレッシュさが足りないと思われたとしても仕方がない。さらに店の外にテーブルや椅子が放置され、雨ざらし状態なのには何かの意図があるのかと思われていた。単にそれらをいちいち洗うのが面倒だから、雨や風によって汚れが流されれば楽だと考えたのか、洗剤らしき白い粉が過剰にそこいら中にバラまかれていた。それが風に吹かれて、ラーメンの中に混入しても不思議はなかった。

「スープは醬油味なのかとんこつ味なのかハッキリしない味で個性に乏しい。ギョーザもあまり記憶に残らない味。驚愕《きょうがく》したのがトッピングのネギの少なさ！　かといって低価格でもない。中途半端だったため、ラーメンブームの時流に乗れなかった。正直自分が厨房に入って作りたくなるような味。とにかくラード、ラード、ラード、ラード、それに塩コショウだけで味付けした感じ。そもそも味の配慮の期待が出来ないような形相の店員ばかりが、大勢厨房に入っていたのが目立っていた。店長らしい年配の女性は、厨房の中で常に不機嫌そう。店員を遠くの方から目配せして呼んだのだが、知らん振り。仕方なく店員の近くに寄り、どのメニューがいいか聞いてみたのですが、ラーメンの知識がない。いかにも、めんどくさい感じでレジ打ちする店員も……雰囲気がどうだろうと、手際良く会計を済ませてくれればいいのだが。わたしが学生の頃、居酒屋やコンビニなど接客業のアルバイトをしたが、アルバイトでも徹底して接客方法について指導され、それを実践した。今ではかなり違ってきているように思う。私の目が厳しすぎるのだろうか。店員同士の仲の悪さまで見えてくる。オーダーを聞きに来るのが異常に遅い！　ただ時間つぶしのためだけに、働いているんだろうか。元気のなさも相まって、とても気分が悪くなった。ラーメン屋は以前なら、こんな風ではなかったと思う。それなりに皆プライドを持って働いていたし、接客にしてもやっぱり違うなと思った。プライドを持って働いてほしい」

結論としては、この店は休業しているのでなく廃業したのだ。英断。

人気店としての栄光が輝き続ける中、店主の勇気ある自主廃業は、さぞかし断腸の思いだったろうと類推された。

だが、やはり謎は残る。

様々な憶測で、閉店の理由を語ることはいくらでも可能だ。しかし、店主の口から直接閉店の理由を訊かなければ、結局のところ真実には一歩も近づけないのではないだろうか。

「私の目をよく見ろ。そこから真理が見えるはず」

このラーメン店の店主もまた、不在のまま無言で語りかける。彼女の目の輝きを直接見ることはできないものの、想像するのは誰にでも可能だ。目の色や瞼の形に個人差はあっても、眼球の形は所詮皆同じだからだ。

# 14　ビッグ・プロフィッツ！

今日は浅田浩二くんと長田仁志くんと宮本真理子さんの仲良し四人組で、近所を徘徊。

商店街に開店したばかりの回転寿司店の店先に、全皿一〇〇円という看板が立っていたのを発見したので入店。四人で合わせて六五皿くらい食べている途中で気分が急に悪くなり、全員意識を失ってしまった。

だが、ほんの二、三分ですぐに意識は戻り、浅田くんを除いて起き上がった。

その間に店主の方が救急車を呼んでくれていたのだが、到着したときには私はしっかり立ち上がっていた。

全員が同時に意識を失ったのは、デザートで食べたケーキが原因のようだった。

会計の時に六五〇〇円だと思ったら、デザートで食べたケーキが一五〇円だったらしく、四人全員がケーキを食べたので六七〇〇円と二〇〇円高くなってしまった。

店員に「全皿一〇〇円じゃねえのかよ！」と文句を言ったら「デザートなどは値段が違います。ネタの方は全皿一〇〇円です」と言われたので私は「全皿一〇〇円はデザートを含めて全てじゃねえのか、詐欺だよな、おい！」と言ったら「詐欺ではありません。ちゃんとメニューに書いてあります」と言われたので「なら最初から全皿一〇〇円と謳うなよ、ネタが一〇〇円と看板に書けよ」と言い返した。

支払いをしようとすると「今日は結構ですから」と言われた。

「またきてください」と言われて受け取ってもらえなかった。

すると、隣のテーブルで食事していた常連さんの年配の女性が、息子さんとのんびりと食事なさっていて、その女性がデザートでケーキを食べた後、突然椅子から転げ落ちて、意識不明に。

息子さんの「大急ぎで救急車呼んでください！」の声が聞こえ、私はスグに携帯で救急病院に連絡した。

その後脈を取ったが弱脈（ほぼ無し）。顔色もありえないほど悪かったので、馬乗りになっての救急処置。一旦意識が戻ったが再度意識不明。

再度処置。救急車が到着した時には朦朧とだが意識回復。救命士への引き継ぎの後、店舗前の交通整理……病院搬送。息子さんと家族への連絡に際し家族が車で移動の場合慌てて事故が起こらぬよう、無事を必ず伝えるよう指示。

救急隊の人が表で待っていたのでそのままバタバタと出ることになった。

後日、料金の支払いに訪れたが、店主は断固として受け取らず、逆に菓子折を戴《いただ》いた。帰宅して箱を開けたら、私たちが倒れる原因となったケーキと同じものが入っていた。

その後、年配の女性は元気になって嬉しい限り。医者が言うには脳死の可能性も大きかったらしく後遺症もなく良かった。

帰宅してお店へお詫びの電話をしたときも、店主の方から料金は結構だと言われた。

お店の方針とか店主の方の考えもあるだろうが、こういった場合、「騒ぎをおこした客はもう来てもらわなくていい」と思っての、お代は結構、なのか、「元気になって、ぜひまた来てほしい」と思っての、お代は結構、なのか、どちらに受け取ればいいのか。

そのお店は一度行って美味しかったので二度目の訪問で、店主の方も、私を覚えてる、と言っていたそうだ。私としてはお詫びも兼ねてまた食べに行きたいのだが、もし、来てほしくない、と思われていたら非常に行きにくい。


年配の女性ばかりに意識を取られ、浅田くんの方は救急隊員に任せきりだったので後日、彼の病室を訪ねた。

「彼はまじめで努力家で、大学一年の時はそれほどでもなかったのに、六年生の時は学年で成績がトップだった」

私より浅田くんをよく知る長田くんが、彼について語った。

スヤスヤと穏やかな表情だった。この病院では麻酔として、笑気ガス、セボフルラン吸入麻酔液、プロポフォール、ペンタゾシン等を使用しているようだった。浅田くんが目を閉じたまま、せせら笑うとともに「ふざけんなよ」「ぶっ殺してやるからな」など小声で言うのを聞いた。麻酔の影響による幻覚や妄想だ。全身麻酔の患者が、手術後、半覚醒状態の時にそのようなことを呟くのは、ままあることだ。

病室は四人部屋で、カーテンで仕切られただけで、声や音、気配などは容易に伝わる状態であり、他の三床には患者がいた。

原田医師が突然病室を訪れ、自分の手をズボンの中に入れるなど不審な行動をとったため、浅田くんはカーテンの外にいた母親を呼んだ。医師が自慰行為をしていたと訴え、母親は生臭いツバの臭いを確認した。自分の唾液を嗅いだときに臭いと、誰だってショックだ。知人にメールで状況を伝え、その知人の一一〇番通報で警察官が急行して、浅田くんの身体の付着物を採取した。そこから唾液と医師のDNA型が検出され、しかもそのDNAは会話による飛沫《ひまつ》とは考えられないほどの量だった。

「もしかしたら、口臭がしているのでは?」と不安になる。残念ながらその予想は当たっている。唾液が臭いと、息も臭い……唾液が臭いと、息も臭い……唾液が臭いと……。

人間は唾液を、一日に一・〇~一・五リットルも分泌している。すごい量だ。

唾液は九九・五%が水分。残りの〇・五%の成分には、食事や会話をするために必要な酵素などの成分が含まれている。酵素は、食べ物を消化したり、歯や口腔粘膜を保護する役目を果たしている。

その酵素には、ニオイがある。漬物臭いニオイ。嫌味のない懐かしいニオイ。これが、唾液本来のニオイ。本当は少し臭いものだ。ところが、それほど臭わないのは……唾液は、唾液腺から分泌されて直ぐには水分が多く、サラサラ。だから、唾液は限りなく無臭なもの。「彼は大変まじめなヤツで、ちゃんと毎食後に歯を磨く。大学一年まではそれほどでもなかったのに、六年生の時は学年でいちばん歯がキレイだったし、息も臭くなかった。まさか彼がこういう事件をやるとはありえないよね、と学生時代の仲間と最近言い合っている。この事件が起きて以来、患者を診るのが怖くなった。看護師さんに代わって触診してもらったこともある。患者さんは、できれば他の医師のところに行ってもらいたい、と思うくらい怖い。まさか診察室に高価なビデオカメラを設置するわけにもいかない」

原田医師をよく知る学生時代の友人の医師が語った。

病室の入り口に、回転寿司店の店先にあった全皿一〇〇円という看板を、店長には黙って無断で持ってきて立てた。勿論、もう間違いがないようにデザートのケーキが一五〇円であるという注意書きを添えた。

浅田くんが倒れたときの状況を、この病室で再現しようというわけだ。

ベッドの周りを、コンベアーに乗せられた寿司が動き、白が基調となるべき医療施設にふさわしからぬ彩りを与える。

一緒に病院に行く約束をしていたのに、当日になって宮本真理子さんと全然連絡が取れなくなった。「衝動的にギターを見たいとの思いが高まり、自制心が壊れてしまった」という書き置きが自宅玄関にあった。自分をコントロールできなくなってしまったようだ。

私が必死になって探している間、彼女は福田雅治の自宅に向かっていた。

福田さんは宮崎県出身。高校卒業後、地元で三か月のサラリーマン生活を経て一八歳で上京。アルバイト生活を送るなかオーディションに合格し芸能事務所に所属する。その後、映画に一九歳で俳優デビュー。

一年後には歌手でもデビュー。その後、ラジオ番組で司会者デビュー。同年秋からはTBS系ドラマで役者デビューする。一九九〇年代後半からは写真家としての活動も行っており、オリンピックのオフィシャルカメラマンを担当したこともある。さらには初の写真作品集も発表した。他にもCMやバラエティ番組、スポーツ番組、教養番組に出演するなど幅広く活躍している。

その行動が、福田さん夫妻の生活の平穏に対して抱かせた不安の大きさは計り知れなかった。セサミストリートのビッグバードを想起させる（本人はまったく意識していなかったらしい……そもそも教育番組のセサミストリートを知らない）、奇妙な鳥の変装の上で、邸宅に侵入した巧妙で狡猾《こうかつ》な犯行。

深夜だったので、夫婦で就寝中だった福田さんの寝室への侵入に成功。邸宅の屋上からワイヤーを吊るし、それを伝って窓ガラスを破壊して部屋に入った。

スヤスヤと穏やかな表情だった。麻酔として、笑気ガス、セボフルラン吸入麻酔液、プロポフォール、ペンタゾシン等を部屋中に噴霧。福田さん夫妻が目を閉じたまま、せせら笑うとともに「ふざけんなよ」「ぶっ殺してやるからな」など小声で言うのを宮本さんは耳にした。麻酔の影響による幻覚や妄想だ。全身麻酔の患者が、手術後、半覚醒状態の時にそのようなことを呟くのは、よくあることだ。

福田さんの部屋には、大変高価なギターが並んでいる。中には一〇〇〇万円するものも。宮本さんが持参した、弁慶が持っているような大きな木槌を使って、部屋中のギターをためらうことなく破壊。高価なものが派手に壊れるのが嬉しくて、笑いが止まらない。

次にいかにも裕福な設備のキッチンで、コンロからガス全開。

寝室に戻り、スヤスヤと穏やかな表情の夫婦を見る。せせら笑うとともに寝言で「ふざけんなよ」「ぶっ殺してやるからな」など小声で言うのを宮本さんは耳にした。

病室で私は、三五皿くらい食べている途中で気分が急に悪くなり、意識を失ってしまったが、ほんの二、三分のことですぐに意識は戻り、起き上がった。

その間に原田医師が救急車を呼んでくれていたので、到着したときには私はしっかり立ち上がっていた。だが、歩き始める際に腰が痛くて、真っ直ぐ歩けない。暫く歩いていると痛みは余り感じなくなるが……特にギックリ腰になった覚えもない。何かおかしいなと思ったけれど、医学のことはよくわからないので、どうにもならない。ただただ激しい痛みに堪えるしかないのだ。もしかすると、痛みを感じることすら何かの勘違いなのかもしれない。そもそも運動不足が祟ってか、特に腰のあたりが重いという感覚も、すでに間違っている可能性もある。とにかく忙しい中、わざわざ病院に行くのは簡単ではない。検査の必要がない腰痛なら、とりあえず市販薬や湿布で様子をみたい、という方も多いだろう。「すぐ病院に行ったほうがいいのかどうか」を自宅で判断するには、いったい何に注目すればよいのか、安易な判断は決して許されないのだ。

そのときだった。近所の福田さん夫妻宅が、大きな音を立てて爆発したのは。

最初はいったいどこで爆発があったのか、すぐにはわからなかった。そのあとの火災で、辺りが煌々《こうこう》と照らされたせいですぐにそれが福田さんの邸宅であることが、近隣住人ならすぐにわかった。浅田くんの病室の窓からも、その炎はバッチリ見えた。福田雅治さんくらいの有名人になると、誰にでもその邸宅はたちまちバレてしまう。でも、もうそのような心配は無用だ。猛烈に上がった火柱の恐ろしさのせいで、誰もが圧倒され、消防車を呼ぶのを忘れてしまっていた。告げ口すれば、炎に復讐されるのだという暗黙の了解のもとに、人々は消火活動を忘れ、夏の花火大会のような雰囲気とは程遠いが、唖然としてただ眺めるだけだったのだ。恐怖を忘れるためにも、炎を眺める人々は缶ビールを必要とした。

私は腰の痛みを忘れて自転車でコンビニに走り、人々に売りつけるための大量の缶ビールを買い求めた。浅田くんの担当医である原田医師も、重要なオペを延期してまでビールやおつまみを、火災の見物人たちに売りつける店を手伝ってくれたので、私は大きな利益を得た。

# 15

# 現在とは違う時間

わたしは絵画や彫刻、写真の類いを見るまで、時間というものを意識したことがなかった。それらは単に人がいるだとか、馬がいるだとか、風景があるだとか、ただ単に存在したものを記録するために描かれているのだとずっと思っていたからだ。そこに時間などという目に見えないものが描かれているなど、画家の思い上がりにつき合うほど暇ではない。そして行く先々で絵の代わりに壁に掛けられた時計が、暫くは何のためにあるのか理解できなかった。秒針がただ、規則正しく移動するだけ。動物や昆虫が右や左に移動するのに、何の理由も必要ないように。

つい先日も、思わず自宅の居間にある時計を、じっと息をひそめて眺めてしまった。何故だか不快になった。何かに追い立てられている気分にさせられた。平面に置かれた時計の中で、何者かに手首を摑まれて（だから腕時計を持つなどもってのほか）秒針の前を常に同じスピードで歩かされているような感じ。あるいは凝視することによって常に同じスピードで秒針を進めるよう、自分が強要されている感じ。ヒエロニムス・ボスを長時間眺めたせいで、その絵の中に引きずり込まれたかのような。

わたしは時間について考えるのが嫌いだ。

一瞬しか存在しない世界があってもいい。何の歴史も持たない、持つ余裕もなく消えていく。誰も思い出して感傷に浸ったり、自分の属するものに変な優越感を持つこともない。存在したか、あるいはしなかったか、誰も認識できない。

常に時間は停まっている。その確認の為に、わたしは居間の壁の時計を眺め続けた。見ていない間に勝手に動きださないように。秒針などという、人に安堵を与えないものの動きが、いっさい目に留まらぬような離れた位置から観測する。

そんな時間の中で生きたいなどと、考えたこともない。現にわたしはいつでも時間の枠の外にいた。

実は、かなり以前から我が家の時計は停まっていた。決してバカにならない電池代が惜しいからである。優れたデザインのインテリアとしてのみしか、機能していなかった。

さらによくよく考えてみれば、一度も時計は動いていた例《ため》しがなかった。金を払って購入した電池を入れなければ動かない時計など、日時計があるというのに使う必要があるのか。確かに日時計は夜使うことはできないが。

わたしは締め切りを守らない。人々に流れている時間は、個々に違う速度であるのに、何故わざわざ相手が定めた期限に沿わなければならないのか。

実のところ、わたしには極度の低速で時間が進んでいるどころか、時間の観念そのものが存在していなかった。曖昧で不明確な時の概念など、信用するに値しない。

だが時計を眺めて過ごすのは、実際のところ結構愉快だった。誰がこんな滑稽なものを発明したのだろうか。紀元前二〇〇〇年以上前に発明されたといわれる日時計から、相当の誤差が恐らく生じているというのに、均等に規則正しく時が積み重なって現在があると、多くの人が思い込んでいる。彼らに失笑を禁じ得ない。

背の高い男はやってきた。顔は割と面長な上に若干普通の人より首が長い。そして黒い革のジャケットを着ていた。ハシビロコウの行動を長時間眺めるのが好きな男だと聞いていたが、特にそういったこだわりは感じられない。

福田さんは宮崎県出身。高校卒業後、地元で三か月のサラリーマン生活を経て一八歳で上京。アルバイト生活を送るなかオーディションに合格し芸能事務所に所属する。その後、映画に一九歳で俳優デビュー。

一年後には歌手でもデビュー。その後、ラジオ番組で司会者デビュー。同年秋からはTBS系ドラマで役者デビューする。一九九〇年代後半からは写真家としての活動も行っており、オリンピックのオフィシャルカメラマンを担当したこともある。さらには初の写真作品集も発表した。他にもCMやバラエティ番組、スポーツ番組、教養番組に出演するなど幅広く活躍している。

前情報ばかりが先行し、やがて来るのは知らされていたが、いつ来るかと確認した覚えはない。

「そろそろ来るころだ」という確信を得る寸前に、男はやって来た。

ちょうどいい頃合いに来てやっただろう、と言いたげな、自信に溢れた表情に見えたが、とんだ思い違いだった。

わたしはちょうど洗面台で髭を剃る寸前で、鼻の下から顎までが白いシェービングクリームに包まれていた。手にはカミソリを持って、玄関のドアを開けた。

「鋭利な刃物でお出迎えなんて、なにやら物騒だな」

背の高い男は言った。こんなものを手にしているからといって、わたしは攻撃的な表情をしている気はなかったし、無理に顎を動かすと泡が床に垂れそうで、軽いアイコンタクトで男を部屋に引き入れるしかなかった。

「この肖像画の男はいったい誰なんだ?」

玄関から入ってすぐの壁に掛けられた絵を見て、背の高い男は訊ねてきた。

何度も絵で見ているが、実際のモデルになった人物に一度も会っていない。

「この馬はどこの馬だ?」

玄関から入ってすぐの壁の向かいにあった彫刻を見て、背の高い男は訊ねてきた。

毎日この馬の像を目にしているが、どこの馬を参考にしたものなのか、考えたこともなかったので、返答に困った。

「この風景はどこで撮ったものなのか?」

決して自分で撮った写真ではなかったが、わたしと見紛う後ろ姿の人物が小さく写り込んでいたため、いつもここを通る度に写真を凝視して、いつでもすぐに風景の中にいる気分になれた。現実には自分の後ろ姿など見る機会はないのだが。

金銭の余裕がない家庭で育ったせいか、カメラを所有した経験はないし、もちろんどこの風景も人物も撮ったことがないというくらいの情報は伝えようとしたが、口に出かかって止めてしまった。とにかく写真を撮る習慣などなかった。

一度もわたしは答えていないのに、背の高い男はなおも訊いてくる。だが口調からは真剣に知りたいという感じもしなかったので、特に無理して答える必然性もないように思えた。

それに初対面なのに、随分と大きな態度も、どことなく不快だった。

「そしていつ撮られたものなのか」

わたしが撮った写真ではないので、知っているわけがない。彼は完全に、写真の中のわたしに似た後ろ姿の人物を、わたしだと思い込んでいるに違いない。だとしたら、わたしが撮ってはいないことは明確なのに……。

自分もそこに行けば同じような写真が撮れると、まったく思ってはいない。そもそも、事前に撮影場所を決めて、決めた対象を撮ろうと思ってでかけることはしない。そこへ行けば、きっと良い写真が撮れると決め付けてしまい、他のものを見ようとしなくなる。大事なのは、常に新たな発見であり、新たな被写体との出会いである。そのためには遠くへ行く必要はない。住居の近所を自分の足で歩き回ろう。最高の撮影対象は、どこにあるか分からない。足元かもしれないし、近所の路地の奥にはヒエロニムス・ボスみたいな風景が潜んでいるかもしれないし、空を見上げれば素敵な雲があるかもしれない。車でばかり移動してもいけない。車の移動速度では、絶対に見えない。せめて自転車の速度。なるべくなら歩こう。歩くときは漫然と歩くのではなく、普通の人の何倍も見て歩くこと。そして写真の感性をどんどん養うべき。

写真が収められた額から慌てて目を離して、しばらく黙って何もない空間を眺めていると、男はとっくに諦めたらしく、もう答えるのは結構といわんばかりの無関心を装う態度に出た。わたしは厳密にいえば、答えたくないわけではなく、ただ口を開くとシェービングクリームが入ってきそうなので、つぐんでいただけだった。彼にはわざわざ説明せずとも、状況を察して欲しかった。

「時計が停まっている……」

背の高い男は、居間の壁の時計と同じ位置に頭部があるせいか、スッと覗き込んで秒針が停まっているのに気付くのに、さしたる時間を必要とはしなかった。

停まっているのは、いつものことだと知らせるべきだった。

インテリア壁掛け時計は時を告げながら、無機質になりがちな壁にお洒落なテイストをもたらしてくれる。こうしている間も、一見地味だが秀逸なデザイン。専門店に行って、シックでモダンなスタイルのものから、遊び心溢れるデザインのものまで豊富なラインナップの中から厳選した。壁面を華やかに、そしてお洒落にコーディネートしたかった。

わたしは背の高い男を無視して、サッと洗面所に行き、落ち着いて髭を剃った。

洗面台の横の窓が開いていた。アパートの部屋の裏側には、ドブ川が流れていた。周囲の家から吐き出された洗濯や洗い物の水が流れていて汚い。

そこへ六歳くらいの男の子たちが、頻繁に落ちて死んだ。いつも近くにハシビロコウが佇んでいた。

その鳥はゆったりとした動きで、しばしば彫像のように動きを止めるため、「死んでいる鳥」と呼ばれている。獲物を狙うときはじっとして動かず、これは大きな図体で動き回って魚に警戒感を起こさせないためと考えられる。大型の魚を好み、それらが空気を吸いに水面に浮かび上がる隙を突いて、素早く嘴《くちばし》で捕まえ丸呑みする。消化には数時間を要し、その作業にそれなりのエネルギーが費やされる。時に大きなカバが水中にいる際に魚を水面に追いやる光景が目撃される。ハシビロコウは、人間の女性のヌードポスターに異常な反応を示すことでも知られている。実際の人間の女性を襲ったという報告はないが、少なくとも何度もポスターを嘴で引き裂く姿が目撃されている。

川を隔てて見える白い一軒家の中は、窓から見える範囲は荒れ放題だった。どの部屋も、いっぺんに土足の集団が怒鳴り込んで来たように汚れていた。何枚かの女性のポスターは顔も身体も残さずにズタズタに引き裂かれて水着なのかヌードなのかわからないものが部分的に貼ってあり、その壁の大半は崩れかけていた。ハシビロコウが頻繁に我が家のように乱暴に出入りするものだから、台所らしき部屋は埃を被って割れた食器が散乱していた。残念ながら長い間掃除した様子は、まったくなかった。どんな業者を呼んでも、大してキレイになりそうもなかった。さらに望遠鏡をつかって中を見ると、自分の部屋と同じように男の肖像画と馬の彫刻、海岸の写真が壁にあった。どれも傾向は似ているが、まったく別のもの。そこの壁にかけてあった時計も、現在とまったく違う時間を指していたので、おそらく動いてはいないだろう。

髭を剃り終わったあと、居間に戻った。

「ハシビロコウを見るなら、こっちだよ」

背の高い男を、洗面台のある風呂場に招いた。

いつの間にか望遠鏡と高価そうなカメラを手にして、ハシビロコウの生態を見て、その姿を写真に収める準備はできているようだった。彼の純粋な胸騒ぎが伝わってきたので、こちらまで嬉しくなってきてしまった。

だがハシビロコウは一向に姿を見せず、ただ白い一軒家の中が見えるだけだった。荒れ放題の部屋は、いっぺんに土足の集団が怒鳴り込んで来たように汚れていた。何枚かの女性のポスターは顔も身体も残さずにズタズタに引き裂かれ、元は水着なのかヌードなのかわからないもののの切れ端が貼ってあったし、その壁の大半は崩れかけていた。ハシビロコウが頻繁に我が家のように乱暴に出入りするものだから、台所らしき部屋は埃を被って割れた食器が散乱していた。残念ながら長い間掃除した様子は、まったくなかった。どんな業者を呼んでも、大してキレイになりそうもなかった。さらに望遠鏡をつかって中を見ると、自分の部屋と同じように男の肖像画と馬の彫刻、海岸の写真が壁にあった。どれも傾向は似ているが、まったく別のもの。そこの壁にかけてあった高価そうな時計も、現在とまったく違う時間を指していたので、おそらく動いてはいないだろう。

# 16　藤田が狂暴化

「とんでもない野郎がそっちに向かっているぞ」

近所のコンビニへ行って、留守にしている間に、自宅の電話にメッセージが録音されていた。死者が墓から電話してきたような、覇気のない声だった。

「気をつけろ」

暫く沈黙が続き、電話の側に何か轟音を出す掃除機か何かが作動しているようなノイズの中から、再び一言だけ暗い声が聴こえて録音は切れた。

もう一度聴いてみて、その声の主が次郎であるのがわかった。

急に気でも触れたのかと心配になったので、すぐに折り返し電話をかけた。

次郎は先ほど録音された声の様子とは違い、意外にも陽気だった。先日彼と会って酒を飲んだ際の、共通の友人である藤田康夫をネタにしたバカ話をして笑った。いつも外に出る際に着る、青いダウンジャケットが似合っていて、まるで青一色に塗られたミシュランマンを連想させる姿の男だった。

藤田が次郎をわたしに紹介したのがきっかけで、彼と頻繁に飲むようになったのである。

「それでさっき留守電に入っていた「とんでもない野郎」って、いったい何の話?」

もう次郎の背後に轟音はなかったが、また突然沈黙が始まった。

「誰のことなの?」

電話の先に彼がまだいるのか、不安になりながらも訊ねた。

「ああ、その件だけど」

つい数分前の陽気な次郎が、録音された死者の声に戻った。

喋ると同時にスイッチをオンにしたのか、また轟音が彼の背後から聴こえた。

「話聴いてなかったのか?」

いままでの会話を思い返す間もなく、次郎が言った。

「藤田のことだよ。「とんでもない野郎」って」

わたしは、彼の話をよく理解していなかったらしいという反省のせいで、いま思考がクリアーでないという自覚を持ってしまった。

「ああ」

自分も覇気のない、死者のような返事をした。

「あの後、凶暴化した」

すぐにわたしは聞き返した。

「凶暴化って?　藤田が?」

藤田といえば、屈託のない笑顔がトレードマークの男だ。誰よりも温和で親切で、とても人に暴力を振るうような人物ではない。虫一匹殺せなさそうな。

「凶暴化」

覇気には欠けるが、あっけらかんとした次郎の態度に、いささかわたしは困惑した。

あの藤田と「凶暴」という言葉を結びつける糸口が、まったく見出せないでいた。

「それはどのくらいだ?」

わたしは恐る恐る訊いた。

「あの様子じゃ、即病院行きだろう。コンビニでコーヒーも買えないくらいだ。そもそも身体を常に激しく揺らし、手にしたコーヒーなんて買った瞬間、中身が全部こぼれるだろうし、小銭を出せば手から離れて全部宙に舞う」

電話の横に、友人達と一緒に撮った記念写真が写真立てに飾られているのを思い出し、その中の藤田の表情を見つめた。

かつて藤田が主宰する朗読会に、何度か行ったことがある。朗読は読み手自身と本があれば、今すぐ始められる。いい声である必要も、読むのが上手である必要もない。感じたままを声に乗せて伝えればいい。藤田が読みあげる言葉は、本人が思っている以上に魅力的だった。写真はその際に撮影されたものだ。会場は六本木にあった「マーヴェラス・ハンチング・ピープル」。フランス料理の伝統をベースとしながらも、日本各地の食材を取り入れながら季節感を表現し、さらには旅先で受けたシェフのインスピレーションまでをも盛り込んだ料理。オーナー兼シェフの三宅さんの料理の哲学が、そのままに現れている。接待に最適なワインが充実している店として、日曜昼の情報番組でも頻繁に紹介されていた。落ち着いた雰囲気の中でオーガニックなワインを楽しみながら、地方などから上京した大切な客をもてなすにはうってつけだった。だが、二年前に謎の出火事故が原因で、多くの人々に惜しまれつつ閉店となった。その火災で常連客や従業員と共に三宅さんが亡くなったので、自宅のある川越まで葬式にも行った。全焼した中から、彼が生前愛用したハンチングだけが、洗濯しおえたままのきれいな状態で発見された。

三宅さんのことが、最初は苦手だった。何より似合っていると、周囲から定評の無精髭が嫌だった。原因は生前公言してはばからなかった、魔法の粉のせいだった。料理だけでなくオカルトにも精通するという彼が、ローマのひなびた田舎を旅して遭遇したという古い教会の壁に書かれていたレシピをもとに、手を加えて開発したものらしい。教会と聞くだけでロマンチックなものより、単に埃っぽいと感じてむせてしまう。そして、その顎髭からパラパラと魔法の調味料がフケのように、料理に降り注ぐのを想像すると、どんなに値段が高くて美味しそうなものでも吐き気がして、口に運ぶのを思わず躊躇《ためら》った。

結局彼が苦手でなくなったのはいつ頃か、と考えたが思い出せない。ひょっとすると彼とは最後まで打ち解けた雰囲気にはならなかったのかもしれない。一度もまともな会話らしい会話をした記憶がないのだ。藤田の朗読会の度に挨拶するような間柄ではあったものの、自慢の料理はいっさい手をつけなかったのも確かだから、味について感想を述べたこともない。帰り際、三宅さんの方がわざわざ厨房から調理帽をハンチングにかぶり直して出て来て「ウチのホームページにコメント載せたいから、感想聞かせてよ」と何度もわたしに言ってきたにもかかわらず、毎度、無言のまま笑顔で店を出ていかざるを得なかったものだ……日頃からハンチングについて考えていて、決して似合わぬ彼にアドバイスしたかったのを堪《こら》えてまで。

ハンチングといえば、一昔前までは帽子が頭の形に合っていなくて、ずれてしまうのを嫌う老人がかぶるイメージだった。ところが現在では、お洒落なファッションアイテムとして見直され、性別、年齢を問わず、一部でマニアと呼べるほどの愛好家がいて、数千、数万と様々な国で作られたハンチングを所有している。最近では女性にも支持されている。幅広い年齢に似合うお洒落でクラシックな定番スタイル。しかし、慣れていない若者にはかぶりこなすのが意外と難しい。海外では庶民が好んで着用したことから、ハンチング帽は庶民のシンボルと呼ぶのに相応しいにもかかわらず、我が国で定着してるとは言い難い。風雨や寒さから頭部を護るというような実用的な意味は薄れ、現在ではもっぱら単なるファッションアイテムとして扱われているのが、我が国で浸透しない原因の一つだろう。自分には帽子が似合わないなんて人は、読者にいないだろうか。帽子の似合わない人なんて本当はいない。ただ自分に似合う帽子の選び方を知らないだけだ。自分の顔立ちや服装、髪形に合わせて似合う帽子の選び方がわかれば、ファッションの幅はぐっと広がる。

ハンチングに留まらず、頭が大きいから帽子が似合わないと思っている人は案外多い。確かにハンチングはやや肥大化した顔の人よりも小顔の人、丸顔の人よりも面長の人のほうが似合う傾向にあり、どちらかというと丸顔タイプだった三宅さんも、生前そのことに気を配りながら愛用してなかったわけではない。でも、それでは、大きな顔で丸顔の人は帽子をかぶるなという話になってしまいかねない。最初に自分の頭の形にピッタリなサイズのものを選んでみてもらいたい。これは自分で実際に専門ショップに赴き、直接かぶって確認するしか方法はない。しっくりいくものと衝撃的に出会うのはなかなか容易ではないのだ。砂浜から特定の一粒の砂を探し出すのに等しい。特に、インポートブランドものは欧米人の頭を基準に作られているので、残念ながらわれわれ日本人の頭には合わないものが多い。だから、いくつかある国産ブランドの中から自分の頭の形にあったものを真剣にチョイスしたい。帽子を一緒に見つけませんか？

そして、次に注目したいのはツバの幅。ハンチングをスマートにかぶるためには、ツバの幅が顔の幅よりも大きくなることに気をつけるべきだ。帽子が似合わない人の多くの理由は、ツバと顔の幅のバランスの悪さによるものとわたしは考える。大きな顔の人でも、ツバ幅が顔の幅よりも広いと小顔に見えるものなのだ。

そして最後に付け加えたいのが、ハンチングの粋なかぶり方。

多くの人が、ハンチングをキャップのように後ろから帽子の中に頭を入れるようにしてかぶっている。これは間違っている。ハンチングは、つばの位置を決め、前からかぶるのがコツだ。ツバ部分を眉のちょうど上あたりにする。その場合、あまり上のほうにツバをもってきてしまうと前後のバランスが悪くなるので、かぶったときにハンチング帽がちょうど水平になるようなバランスでかぶるのがよい。また、ツバ部分は顔の中央部分にもってくるのが基本だが、お好みで左右のどちらかに傾けても格好がいい。

三宅さんが亡くなる一年くらい前、イベント会場のオーナーである関係もあって藤田も影響を受け、ハンチングをかぶり始めるようになった。それで朗読などされたら、鼻持ちならず、一分も堪えられない。

「藤田、お願いだからその薄汚い帽子やめろよ」

ある晩、酔って彼の隣を歩いていて、赤に変わる寸前の交差点を渡っている途中で、恥ずかしくなって思わず忠告した。

「そんなこと余計なお世話だ！　オレの勝手だろ！」

普段、温和のように思われた藤田が豹変したので、わたしは驚きを隠せなかった。それが現在の彼の状態の萌芽だったと、今思えば納得がいく。

わたしはファッションに常にうるさい人間であるが、特にハンチングを好んでかぶる人たちに対して、偏見を持つ傾向があった。よくないとは判っていながら、いつも外見だけで人を判断した。過去を振り返れば、嫌いなヤツは大概ハンチングを愛用していたから仕方ない。もちろん、ハンチングそのものには罪がなく、どんな帽子をかぶろうが基本的には個人の自由だ。

「最後には自分がかぶっていたお気に入りのハンチングを脱いで、ズタズタに引き裂いて、その場に叩き付けるように捨てた……お前があのハンチングについて、ズケズケと意見するから、こんなことになったんじゃないのか?」

　次郎が目撃したという昨日の藤田の様子の報告は、わたしが三宅さんのことなどをボンヤリ考えている間も続いていた。どういうことなのか、途中の話をちゃんと聞いていなかったので、よくわからない。ただはっきりしているのは、あいつが凶暴化したのが、どうやらわたしのせいにされていることだけだ。

「ハンチングなんて鼻持ちならないクズ野郎がかぶるものだよ。捨てちまって、ヤツもようやく、いくらかまともになったんじゃないか」

　わたしは皮肉まじりに言った。

「なに言ってんだ!　あれはあれで十分似合っていたんだぞ!」

　どうして次郎が藤田のハンチングを、ムキになってまで擁護するのか、まったく理解できなかった。

「あいつもピストルで頭ブチ抜いてすぐ死んだほうがいいクズの仲間入りだな。ホントに救い難いよ」

　わたしは次郎を挑発するつもりで、呆れた調子で言った。

「おい!　いいかげんにしろよ!　お前ファッションウォッチャー気取りか!」

　エキサイトしている次郎の様子が、電話越しからもひしひしと伝わってきた。

「次郎まで藤田と同じように凶暴化してるじゃないか。落ち着けよ」

　わたしは宥《なだ》めるように言った。

「だからな、ヤツは電車でそっちに向かっているぞ！　注意しろ」

次郎は少し興奮状態から脱し、地味な死人のような口調に戻っていた。

わたしも多少はおののきを隠しきれなかったが、次第に落ち着きを取り戻した。

「次郎、さっきお前、藤田がコンビニでコーヒーも買えないくらいに凶暴だって言ってたよな？」

電話の向こうの次郎の、息だけが聴こえる。

「ああ」

しばらく無言の後、やっと答えた。

「そんな状態じゃあ電車の切符だって買えないだろ？　違うか」

彼も、急に冷静に物を考えられるようになったようだった。

「確かに。それどころか、暴れ過ぎてホームに落ちて電車に轢かれちまったかもしれない……」

そういうと次郎は受話器を置いて、通話が切れた。

# 17　さかさまの世界

受話器を置いた途端、急に虚脱状態になった。

理由はわからない。安堵感がそうさせたのか……立ちくらみに襲われ、そのまま崩れ落ちるように、背後のソファにズブズブと身を沈めた。

一度身を任せたら二度と立ち上がれない、堕落したソファだった。他に何もない殺風景な部屋にそういった類いのソファがあれば、特にそこを離れる理由も見つからず、留まったままでロクな食事も取れないまま、亡くなってしまう孤独死のケースも多いようだ。最近、よく報道を目にする。

「動けない……ひょっとしたら動けるのかもしれないが、動けない。いまのところは」

実際に動くとなると、凄い高いところにハードルがあって、とてもじゃないがアキレス腱が切れるほどに背伸びをしなければならない……それくらいの試練のような気がした。

視界が逆さま。部屋の中は上下関係なく殺風景だったが、窓の外の風景は普段と違って逆さだ。目の前の高層マンションを横切る鳥の群れも、例外なく真逆に飛んでいた。

生前の日常と違うまま、世界から去っていくのも悪くはない。外の光景にピントが合わないまま、やがて暗くなって消失していくのを想像した。にもかかわらず、外の雑音のボリュームは一向に変わらなかった。

そのうち脳に血が巡って死んでしまうのではないかという恐れが、わたしの頭部を正しく水平に起こさせた。単なる凡庸な日常が戻ってきた。しかし、いまだソファから起き上がれないままでいた。

「あと少ししたら身を起こして、ちゃんと座ろう」と何度も心の中で呟きながら、一向に実行に移そうとはしなかった。特に理由はない。本当にこのまま自分がここから動けないのではないかという恐れが現実となってしまうのを、直視したくなかったのだ。

急に何も感じなくなり、思うままに動かせなくなる状態になるのを、わたしは日頃から恐れていた。さらに突然、目が見えなくなって、耳が聞こえなくなって、声が出なくなる……たとえ心肺機能が正常でも、それは死んでいるのと同じこと。

一応、まだ目は見えている。

あれからしばらく経つが、鳥の群れはもう高層ビルの前を横切らなくなった。時間が止まってしまったのかもしれない、と思った瞬間もあった。アンディ・ウォーホルがただエンパイアステートビルを十数時間撮っただけの映画を観たときのことを思い出した。あまりにも何も起こらない映画を、人々は映写機のトラブルと早とちりし、次第にざわつき始めた。

やがて客席の年老いた誰かが、あくびともため息ともつかない大声を、身体の底から放り出した。魂が抜け出て死んでしまうのではないか、というような虚脱感が漂い心配になったが、会場に救急車が慌てて来るわけでもなかったので、結局何も起きてはいなかったのであろう。

映画は、観客全員が空港で搭乗する便を待つ時間を、共に過ごしたようなもの。そう思えば十分納得のいくものだった。タイトルが画面に示されることもなければ、役者が登場して演技をするわけでもないし、これこれこういう趣向で撮られた作品だと解説するナレーションもない。ただ偶然、このスクリーンの前に集まった者達が、同じ光景を黙って眺める行為を強いられる。現実と異なるのは、それぞれが瞬きをした瞬間、1秒24コマ（いや、正確には撮影されたよりも低速で上映されるのが正しいと記憶する……その際上映されたのが本編の一部である数十分であったため、どの速度で上映されたのか定かではない）の内の数コマを見逃したということにはなるのだが。

ウォーホルの映画を思い出してしまうのも無理はなく、ソファに横になったまま窓から目にするビルは、紛れもなくニューヨークの摩天楼に酷似していた。恥も外聞もなく、単なるコピーだった。そんなものでドヤ顔で、誇らしげにふんぞりかえる連中の態度に腹が立ってきて仕方なかった。

だが、内面ではこみ上げるものがあったものの、身体は依然微動だにせず、いまだソファに横たわったままだった。

棚に納められた銅像。一度たりとも存在しなかった何ものかを模した、その安手の置物が、ふとした拍子に落下して壊れる瞬間に見た、ありもしない幻影の時間が自分の人生だったのかもしれない……ただその事実がさして物悲しいのではなく、当たり前の事実としての認識が、風呂場の壁の黴《かび》のようにじわじわと広がっていくのを感じた。ちょっとした恐怖。誰も住んでおらず、掃除などの手入れを怠って黴が増殖するのを阻止しようとしなければ、そこは廃墟同然なのだ。

確かに部屋のそこかしこから「ドスン！」と物が落下する音が、さきほどから時折聴こえてくるではないか。

「あれは何が落ちた音だろう」と、わざわざ振り返るような動きも取れず、仕方なく近所で行われている解体工事で、作業員が廃棄物を上から下へ投げているのだと考える。それでとりあえずは納得がいった。

確かにその部屋の奥には、審査され用済みとなった某文芸誌の新人賞の応募原稿の束が入った段ボールが積み上がっていた。とある原稿依頼に穴を空けてしまった罰として、引き取って、こちらで保管しないわけにはいかなくなった。それが深夜ひとりでに床に落ちても、何ら不思議ではない。実際にはひとつも段ボールは落ちておらず、「これが落ちたら、あんな鈍い音がするんだろうな」というイメージだけが残る。

背後で原因のわからない音がしているのに、振り返れないのは困った状況であるし、何よりも恐い。唯一可能なのは、とにかく鈍感になるよう努めることだけだ。

鈍感のモデルとしてまず最初に思い浮かんだのは、アメリカのアニメ『スクービー・ドゥー』(当初の邦題は『弱虫クルッパー』)。あんなに毎度、幽霊に怯えるのに、また同じような目に遭う。懲りないというか、あまりにも愚鈍。

わたしは正直、幽霊が牛刀や鉈でも持って勢いよく襲ってこないかぎり、その存在に激しく怯えるつもりはなかった。少なくとも、気が狂ったような大声を上げて叫ぶとか。

しかし、出現した幽霊の腐った脳や目玉が顔面から崩れ落ちたりと、見るに堪えないものであった場合、怖がるというよりも、素直に吐き気を催してしまう。そちらのほうがよっぽど嫌だった。

わたしは驚いて、この部屋を退出するだろう(身体が自由に動けば)。だが問題は、この部屋に残された幽霊と吐瀉物だろう。崩れた顔面で、臭う胃液を黙って覗き込む。腐った脳と眼球が、その中に落ちてペチャリと音を立てる……そんなおぞましい状況は、想像するのも嫌だったし、そのような汚れた部屋を最終的に誰が掃除するのかを考えると申し訳がなかった。

そのような汚らしい怪奇漫画のようなことは、さすがになかなか起きない。まだ地味に何も起こっていなかったが、同時に恐怖心に代わる何か特別なものが、じわりと迫っているのを身体だけが感じて、やたらと汗が流れる。

時間が止まるようなことはなく、電灯をまだ付けていない室内は、やがて暗くなってきた。完全な暗闇が訪れる前に、せめてスタンドのスイッチをオンにしないと、と焦りはじめた。しかし、身体は思うように動き出せない。

「まだ機は熟していないのか」

わたしは独り言を言った。誰も聞いてはいなかったし、誰もいないはずの部屋のどこかから誰かが即座に返事をすれば恐ろしい。

独り言を後悔したのは、これが初めてだ。いつもは自分が咄嗟に口にした言葉が真のものなのか知るために、ちょくちょく独り言を口にしていた。こうした確認作業なしでも、自分がはっきりとした意識を持っていると自覚できる人間が大変羨ましい。

窓をみると、向かいのエンパイアもどきのビルの窓の殆どに灯りがついていて、まだ頑張って残業しようという輩たちの存在を、嫌でも意識せざるを得なかった。なのに、自分は心霊現象スレスレの不気味な物音のする部屋で、起き上がれないまま。活発な働き者よりも、こうした怠け者に霊は戯れようとするものなのか。冷静に考えれば、そちらの方が理にかなってはいる。

玄関のある空間がさらに闇に包まれ、扉の隙間から射す廊下の灯りの当たらぬ場所から何かがこちらを見つめているように感じられ始めた。

この瞬間まで気がつかなかったが、このアパートは壁が非常に薄い。となりの部屋の住人が帰ってきたようだ。カチャカチャと鍵をあけ、ゴールデンタイムになったらしく、賑やかなテレビ番組の音が聞こえてきた。

やがて反対側の住人も帰ってきた。確実に一人暮らし。外観と廊下からの印象で、やけに狭い空間が住居となっているのが、簡単に想像できた。

わたしは金縛りという状態を知らないが、きっといま自分が置かれた状態がそれだと理解した。動けない。あたかも巨大な蜘蛛の巣にかかった虫の気分だが、不思議と焦燥感みたいなものは感じない。何故だろうか。

動けないのは、単なるわたしの思い込みのせいかもしれない。

当初から何となく感じていたものが、再び脳裏を過った。だが、堕落したソファの地獄から這い上がる決心はまだつかない。

日中留守だった両隣の生活音が、壁一枚とはいえ、かなり明瞭に聴こえる。

片方はお笑い好きの明るい女性。何度もＣＭが入り、その間に簡単に調理したものを食っている。話し声も聴こえるようなので、携帯電話を手にしているようだ。

もう片方は独身男性。微かに喘ぎ声と粘膜のような音が聴こえるが、どう考えてもアダルトビデオかインターネットのエロサイトを一人で楽しんでいるに違いない。

もしこのアパートが断面になって内部が見えたら、さぞかし滑稽であっただろう。間に挟まれたわたしだけが一見、日常的にだらけているように見えて、実は緊迫した状況に置かれている。

そろそろエンパイアもどきビルで働く者たちの就業時間も終ったらしく、それぞれがワイングラス片手に、呑気に窓際に集まってきた。

「よう、見ろよ！　あいつ昼間っから寝てばかりで、何にも仕事してねぇじゃん」

そのように言いながら、わたしの部屋の方を見て嘲笑する。

何も言い返せないどころか、口からはっきりした言葉の断片さえも出てきやしない。

当然のことながら、くだらないお笑い番組を見て無駄話に興じる女の部屋の様子も、下品なアダルト映像に耽溺《たんでき》する独身男の部屋も、向かいのエンパイアもどきからは丸見えだった……それぞれのカーテンさえ律儀に閉めなければ。

ワインを味わいながら、われわれのアパートを覗こうとする趣味の悪い連中は、カーテンなんて必要としてはいない。いろいろな下品なものを、見透かす能力だけには長けている。

わたしは意地になってでも、この金縛り状態から逃れなければと考えた。

考えてどうにかなる状況でないのは、さっきから承知。だが、このままったく動けず死んでしまうのも癪にさわる。

まずは動けないという事について、じっくり考えたい。時間ならばいくらでもある。そもそも動けないとはどうなっている状態なのだろうか。

うつ病で辛い人を疑っているわけではない。また、そんなのは気持ちの問題で、動こうとしていないだけだというわけでもない。

よくよく考えてみると「動けない」という表現は、正しくない。

動けなければトイレも食事も出来ない。本当に動けなければ一刻も早く救急車が必要。

そこまで動けないと言っているわけじゃない。

まずは問題を正確に捉えることが解決するために必要だ。考えたいのは二つ。

一つは自分の希望としては「動きたいのか、動きたくないのか」。

ここの違いで、おのずと対応は変わってくる。

もう一つは本当は「動きたい」のならば、動こうとした時に何が生じて、動かない選択をしてしまうのか。

やっぱり動けないのは、単なるわたしの思い込みのせいかもしれない。

# 18　おのずと辿り着く

　手っ取り早くクリアーな思考を得ようと、窓際に駆け寄る。こんなときは外気に当たるのが、やはりいちばんいい。

　亡霊の客観視。自分がいない光景を、じっくりと遠くから眺める。目の前に立ち並ぶビル群の中には、想像し得ぬ表情を持った凡庸な人間達がひしめき合いながら、永遠に訪れぬ出番を待ち続けて緊張してるのが感じられた。

　しかし、外には人っ子一人いなかった。

　知らぬ間に、人類が滅亡したかのように思われた。

　ゴミ捨て場のゴミが、最近回収されていないのを確認する。

　現在、都内のゴミ処理場はほとんど機能しておらず、新しいゴミ処理場を建設するか、隣国にゴミをこっそり送るべきかの討論がなされている。解決策としては、地下水を汚染しない様な、ゴミ処理場所を見つけることだ。

　ゴミ収集車の発する音もまた、苦痛である。多くの場合、それらは住宅の付近で朝早くから聞かれる。それがまた騒々しいのは、モーターだけでなくごみ収集の際に車が後方に移動する為、危害予防として音が出る。これは目覚し時計の様だが、起きたい時間よりも早く起こされてしまう。

ゴミ捨て場の近くで殺人事件を目撃するのは、本場米国よりも頻繁ではない。勿論、強姦や暴力事件等の様に殺人事件も発生するが、主な事件と言えば、車、アパート、家への不法侵入、車盗、お財布のひったくり等に過ぎない。

駅に電車が到着しなくても、利用する者が皆無で、文句を言う客もいない。ちょっと待てば、視界から隠れていた人間が姿を現すに違いないと考え、人類滅亡説を忘れるよう努めるため、窓から離れた。

テレビのスイッチをつけるが、もともとアンテナに接続していないせいもあり、何も受信していなかった。意図的に砂嵐を放送し続け、いぶかしげに画面を覗き込む視聴者のアホ面を嘲笑うために、密かに内蔵された小型カメラで逆に向こう側から監視しているのだと思った。気がつけば、ノイズしか一切受信しようとしないテレビの画面に映り込まないよう、無意識に少々場を離れていた。

何も映っていないのに、テレビをつけっぱなしなのも辛いので、近くにあったＤＶＤをデッキに入れた。ただひたすらイルカの海中を泳ぐ様子が撮影されたものが収録されたＤＶＤだった。ナレーションは一切ない。

その中でイルカが水の中から唐突に、何度も何度も空中ジャンプする無邪気さが、わたしを楽しませてくれたのだ。

イルカは友達だ。心から信頼できる。

かつてハワイでイルカと一緒に泳いだのは、忘れられない旅の思い出だった。ハワイには八種類ものイルカが平和に生息している。彼らは非常に友好的で、人間に愛情を示すほ乳類として知られている。そして、彼らは人に近づいてきたりもする。過去に、海でケガをしたダイバー達が、何度もイルカに助けられている。そういうわけでイルカが、人間にとって海のベストフレンドと呼ばれているのも、何となく理解できた。

そんな訳で、イルカと泳ぐのはハワイを訪れる際の楽しみの一つになっている。オアフ島とビッグアイランドには実際に、野生のイルカと一緒に泳ぐ商売がある。また、オアフ、マウイ、カウアイ島、ビッグアイランドなどの島では、船からのイルカのウォッチングツアーを提供している。これらのツアーは通常スノーケリング、スキューバダイビング、スヌーバ等のウォーター・スポーツも一緒に組み込んでいた。

イルカは、何と時速五〇キロで水中を泳ぐことができる。それ以上の速度が出せる自動車であっても、四〇キロ以下を強要する公道ではどうにもならない。

我々人間には到底不可能なハイジャンプを、イルカたちはこれ見よがしに見せつける。派手なジャンプを、彼らは必要以上に披露する。イルカは常に尾びれを動かして前進するが、水中を高速度で泳ぐためには、皮膚の構造が大きな役割を果たすのを、我々人間たちは長らく知らなかったからだ。

水の密度は空気の何と八〇〇倍もあるので、水中にいる際、その抵抗をもろに感じたという経験はないだろうか。これは水中で泳ぐと体に沿って小さな乱流渦が発生するため。この渦はやがて体の後ろに移動し、体を引っ張る力となり推進を妨げる抵抗となる。弾力性に富むイルカの皮膚は窪みを作り、泳ぐ際に発生する抵抗をクッションのように受け止める。こうしてイルカは人間と違って、抵抗を気にせず高速で泳ぐのが可能になる。

抵抗を抑えて効率的に泳ぐイルカの皮膚の構造を参考にして、空気や水の抵抗に強い素材を開発できるかもしれない、とひらめくのに、さしたる時間はかからなかった。

しかしすぐさま、日本のあるスポーツウェア会社が以前、イルカの皮膚にヒントを得て、生地が伸ばされると凹凸が発生する素材を大手スキー用スポーツウェアとして開発しているという内容の記事を、いつか科学雑誌で読んだのを思い出した。通常なら、頭や背中に空気が当たると大きな渦ができて後ろに引っ張る力が増すが、イルカの皮膚のような凹凸を利用した素材を使用することで、乱流渦は小さくなり、後ろに引かれる力が減る。必要なスピードに達してはじめて凹凸が現れるようにすることで、抵抗を最小限に。またアメリカのイルカ研究の第一人者ジョージ・スティーブンソンは、イルカの皮膚と同じように機能する、安手のシリコンでできた人工皮膚を個人で開発した。シリコンの持つ伸縮性によって電気が通りやすく、外部の刺激によって変形する肌色の人工皮膚は、飛行機や電車、風力発電の羽根など空気抵抗を受ける部分に取り付けることで空気抵抗を抑えることができたし、何よりも家庭の台所程度の設備でいくらでも量産できた。イルカのものでなく、あくまでも人間の肌を意識したものであるのを誇示したいばかりに、人工の毛髪がシリコンの表面に、地味にではあるが若干縫い付けられていた。これが開発者であるスティーブンソンの意向によるものなのかは、いまだに意見が分かれているようである。

もっと早く、このＤＶＤを鑑賞すれば、きっと特許を取ることができたに違いないと思うと悔しさがこみあげてきた。

同時に尿意を催した。

わたしはＤＶＤのリモコンを操作して、映像をストップさせることなどせず、流しっぱなしのままトイレに入った。

アメリカに住む白人の生物研究者が、イルカの高速泳法についての研究を、個人的に行った。地元の水族館に何度も通い、どうして速く泳げるかの秘訣を知ろうとした彼は、ようやく重い腰を上げて秘密裏に様々な測定の機材を持ち込んだのである。いままでと違って適当に判定するのは止めて徹底的に調査した結果、イルカの遊泳速度が約二五ノット、時速にして約五〇キロと推定するのに成功した。

この速度に必要な筋肉は、実際のイルカが持つ筋肉の七倍以上となる。

イルカの持つ筋肉だけではこの速さは説明できないことが、次第にわかり始めた。他にも多くの研究者がイルカについて研究していたが、その速さの秘密についての大部分は、未だに謎だった。

生物研究者は地元で寿司屋を経営する日系人に頼んで、何度もイルカの刺身を食した。スポンジのように水分を吸収する表皮、真皮、脂皮の三層から構成されるイルカの皮膚はいつでもツルツルしており、ゴムのように弾力がある。刺身にして食ったら、意外なことに歯ごたえが実にいい。イルカの推進によって頭から尾に移動する水圧に対して、イルカの皮膚はしわをつくり水圧を吸収するクッションの役目をする。また、イルカの皮膚のしわの突起の部分には、発生した渦を抑える効果があった。

残念ながら、イルカは海のほ乳類保護法によって保護されていた。イルカに四五メートル以上近づくことは法律違反とされている。だが、これはイルカが近づけない訳ではない。彼らは他のほ乳類と比べれば友好的であり、人間の食料となるのを自ら望んでいる感じさえ漂わせる。

もしイルカの刺身の味を忘れられない記憶として残しておきたいなら、オアフ島を訪れるのがいい。何故イルカが賢く魅力的な海の動物なのかを学ぶのにいい機会。この島では、無料のイルカショーが随時ある。これは、イルカのジャンプを見たい人たちにお勧め。そこではイルカと泳いだり、抱っこしたり、なでたり、キスしたり、仕舞いには日系人の板前が捌いて刺身にすることが可能。イルカの習慣や重要性などを学ぶ事が出来る。イルカの脳を食することで、さらに貴重な何かを追体験できるかもしれない。イルカの他に、アシカ、ウミガメ、ペンギンなども、プロの板前の手で、あっという間に刺身に。

そして現地人スタッフによる、手厚いもてなし。ちょっとした楽しい宴会のようなものも用意されているのには、さぞかし感銘を受けるだろう。

ハワイは、お金持ちや有名人お気に入りの休暇の為の楽園と言われてはいるが、ここには数多くの浮浪者が、海辺の公園、高速道路の下、学校のビルのそば、木の下など、至る所にいるのも事実。また、家族で車の中に住んでいたり、中心地から離れた海辺のテントの中で密かに暮らしている人もいる。浮浪者によっては、イルカの可愛らしいイラストの描かれた大きなバッグに全ての持ち物を入れている人や、近所のショッピングのカートに持ち物を入れて生活している人もいる。

個人的に調べた結果、ハワイのホームレスの数は、知らぬ間に爆発的に増加していた。

現在では、何と八〇〇〇人以上の浮浪者が、ハワイ州全体に点在して徘徊。米国の人口調査によると、ハワイの窮乏化の度合いは、米国で最も高いのだ。人口の約一一・五%が、貧しく暮らしている。ここは一年中暖かく住みよい気候ではあるが、これはホームレスには住みよい気候とは言えない。そして、彼らは強姦や強盗、無意味な殺人なども恐れて、地味に暮らしている。生活費や住宅費が高く、手ごろな価格の家が少なく、薬物問題、精神の安定していない人々の為の施設が整っていない。これは我が国でも、事情は同じ。

最近、浮浪者の為の〝ホームレス村〟がうちの近所に設置されたが、住民から殺人などの凶悪犯罪の温床と抗議され、撤退してしまった。しかし、彼らの居場所を奪っても、何も問題は解決しない。

放尿しながら首を背後に向け、懸命にＤＶＤの内容を観ようとした。ここは古いマンションなので、便器が異常に汚い。尿が注がれるのを、じっと見つめる気にはなれないが、それでは便器から外れてしまう。だが、わざわざ洗う気になれないほど、汚れている。思い切って便器ごと取り替えないとダメだろう。

かつて、古い便器を新しいものに、五分以内で換えてみせると豪語する男に出会った。しかも、たった一人の手で。

彼はトイレ、便座、紙巻器やタオル掛けの購入から取替工事まで頼れるトイレの専門家として完璧だった。あとで知ったのだが、業界ではかなり名の知れた存在。親の代から創業三〇年の信頼、年間一万五〇〇〇件の注文実績。交換工事費は業界最安値の二万九八〇〇円（税別）。取替工事を考え中のすべての人に、すぐにでも紹介したい。最終見積もり後は追加料金なしなので、気軽にメールで問い合わせできる。それにしても、取替工事の安さの秘密は、いったい何であろうか。素人のわたしには、残念ながら皆目見当もつかない。

手品じゃない。ちゃんと問題なく使用できる、まさに新品の本物のトイレだった。交換を済ませモデルの男性から排泄されたものが実際に処理される、という衝撃映像を、彼のiPhoneからノーカットで見せられた。その映像は現在、YouTubeで、誰でもいつでもWi-Fi環境があればどこからでも気軽に閲覧できるようになった。つい最近も、再見してトリックなど一切ないのを確かめた。

最初は向こうから話しかけてきた。偶然会った見知らぬ人間に直接、業務内容を聴かせる。

そんな宣伝の仕方があるのか、と目から鱗が落ちた。広告を打つ手間も費用もいらないからだ。

そのときはまったく必要としていなかったが、いまこそ彼の出番が来たようだ。

正確には四分五四秒。毎日、一〇秒ごと記録を短縮していると語っていたので、現在はきっとより敏速に違いない、と思うと気分が大変高揚した。

だが、残念なことに、彼から渡された名刺が、どこにいったのか皆目見当もつかない。

酔って帰って来て、適当にその辺において、目覚めたときに捨ててしまった可能性もないわけではない。

いまからソファの上で寝て、夢の中で記憶を探ろうと思い立つ。親し気なイルカ達の群れに導かれ、彼の連絡先に関する記憶に、おのずと辿り着くであろう。

**中原昌也**（なかはら・まさや）

一九七〇年、東京都生まれ。「暴力温泉芸者」名義で音楽活動の後、「HAIR STYLISTICS」として活動を続ける。二〇〇一年『あらゆる場所に花束が……』で三島由紀夫賞、〇六年『名もなき孤児たちの墓』で野間文芸新人賞、〇八年『中原昌也 作業日誌2004→2007』でBunkamuraドゥマゴ文学賞を受賞。他の著書に『マリ&フィフィの虐殺ソングブック』『子猫が読む乱暴者日記』『キッズの未来派わんぱく日記』『待望の短篇は忘却の彼方に』『KKKベストセラー』『ニートピア2010』『悲惨すぎる家なき子の死』『こんにちはレモンちゃん』『知的生き方教室』『軽率の曖昧な軽さ』ほか多数。

◎初出「ちくま」二〇一六年一月号～二〇一七年六月号

パートタイム・デスライフ

二〇一九年三月二〇日　初版印刷
二〇一九年三月三〇日　初版発行

著　者　中原昌也

装　丁　前田晃伸＋馬渡亮剛
装　画　中原昌也
発行者　小野寺優
発行所　株式会社河出書房新社
〒一五一－〇〇五一
東京都渋谷区千駄ヶ谷二－三二－二
電話〇三－三四〇四－一二〇一（営業）
〇三－三四〇四－八六一一（編集）
http://www.kawade.co.jp/
組　版　株式会社キャップス
印　刷　三松堂株式会社
製　本　大口製本印刷株式会社

Printed in Japan
ISBN978-4-309-02789-0
落丁本・乱丁本はお取り替えいたします。

河出書房新社

中原昌也の本

虐殺ソングブック remix

破壊的世界観で圧倒的な支持を集める中原昌也の作品を、作家や各界のアーティストが大胆にリミックス！中原昌也の魅力を解き放つデビュー二十周年特別企画。

軽率の曖昧な軽さ

例の東浦和の会場で殴られた瞬間以来、自分の意識は壁にのめり込んだかのように、前に出てこない。狂気と歓喜とキミが見せてくれた夢――中原昌也最高傑作！

悲惨すぎる家なき子の死

絶筆から四年――『ニートピア2010』を最後に文芸誌から姿を消した中原昌也、待望の小説集がついに刊行！　これぞアンチノベルの最前線。絶望と狂気溢れる「狂喜の世界」へようこそ。

待望の短篇は忘却の彼方に（河出文庫）

足を踏み入れたら決して抜けだせない、狂気と快楽にまみれた世界を体感せよ！　奇才・中原昌也が「文学」への絶対的な「憎悪」と「愛」を込めて描き出した、極上にして待望の小説集。

子猫が読む乱暴者日記（河出文庫）

衝撃のデビュー作『マリ&フィフィの虐殺ソングブック』と三島賞受賞作『あらゆる場所に花束が……』を繋ぐ、作家・中原昌也の本格的誕生と飛躍を記す決定的な作品集。無垢なる絶望が笑いと感動へ誘う！

マリ&フィフィの虐殺ソングブック（河出文庫）
「これを読んだらもう死んでもいい」（清水アリカ）
――刊行後、若い世代の圧倒的支持と旧世代の困惑に、世論を二分した、超前衛―アヴァンギャルド―バッド・ドリーム文学の誕生を告げる作品集。

# 中原昌也の世界

# これを読んだら、まだ死ねない

椹木野衣

そうか、中原昌也、去年で小説家デビュー20周年だったのか。早いのか、そうでもないのか。まったく見当がつかない。20年前というと？　１９９８年？　でも、僕がかれに初めて出会ったのは、もう少し前のことだ。ソニック・ユースが来日して、暴力温泉芸者として前座を務めた頃だった。たぶん、その頃、渋谷にあったパリペキンというレコード屋に頻繁に顔を出していたので、そこで虹釜太郎か故・軍馬修あたりに紹介されたのだろう。その流れで、確か店舗の中ではないと思うのだが、そうだ、思い出した、踊り場のあたりで焼肉をやろうということになったものの、寒くて火力も弱くせっかくの肉が生焼けになり、腹を壊さないかと不安になったのだった！　とにかくその頃、かれは六本木にあったシネ・ヴィヴァンでバイトをしていて、行くとたいてい売店に立っていたが、空き時間に二人で通路の脇に座り込んで話をしたのを思い出す（しかし僕も映画を観に行ったはずなのに、なぜ、劇場の外でそんな話ができたのだろう。わからない）。とにかく、かれに出くわすのはそういう場所が多かった気がするし、それは今も変わらない（ような）気がする。気のせいかもしれないが。

店といえば、下北沢の隣、池ノ上駅の線路際の雑居ビルの地下にその頃、ガリガリという飲み屋ができて、もともとは映画監督の福居ショウジンの事務所を兼ねていたのだけれども、その映画に関わっていたトミちゃんという、もう25年以上にわたって夜な夜なカウンターに立ち続けるマスターがのちに主となるその店内で、ガリガリナイトというライヴショーをやろうということになった。粉川哲夫がライヴで半田ごてを手にラジオを即興で組み立てるとか、秋田昌美が防音でもなんでもない店内でメルツバウまんまの大音響でやるとか、遠藤ミチロウが生ギター一本で弾き語りをするとか、あげくの果てにあのＰＨＥＷのバックを僕がやるとか（赤坂真里、故・清水アリカ、毛利嘉孝なんかも一緒だった）、そういうおかしな機会が１９９３年くらいにあって、そこで見たのが最初のかれの演奏だった気がする。その後、僕が勤める多摩美大の大学院にゲストで来てもらって、その頃、助手を務めていた山川冬樹と二人でトイザらスでおもちゃの楽器をたくさん買い込んできて、学生たちと何回かに分けて一緒に演奏し、録音するというのもあった。イラク戦争の反戦イベントで立ち上げたジョン・ゾーン「殺す・なコブラ」に、故・ECDらと一緒に参加してもらったこともあるし（中原に煽られて僕は山塚アイ＝現・EYƎがU.F.O. OR DIEで使っていて譲り受けたフライングVを叩き壊してしまった）、オン・サンデーズの地下で開かれたかれの個展で、対談のはずだったのに二人でいきなり一時間以上、演奏をしてしまい、最後にちょっとだけトークをしたこともあった。1995年にレントゲン藝術研究所で「909　アノーマリー2」という展覧会をキュレーションしたときには、暴力温泉芸者としてライヴに出てもらい、クイーンが音楽を担当した映画「フラッシュ・ゴードン」のサウンドトラックからサンプリングした見事な演奏を披露してくれたこともあった（そのとき灰野敬二と大友良英とのデュオも一緒に録音もされたはずだけど、あの音源はどこか探せば出てくるのだろうか）。

そうすると、なにをしてデビューと呼ぶかということもあるけれど、かれはおそらく今年で活動を開始してから30周年くらいにはなるのではないだろうか。つまり、小説家デビュー20周年というのと10年くらいのギャップがあるわけで、そういうギャップがどうして生まれたかというと、その10年くらいの期間にかれが今はなき雑誌「イメージフォーラム」でエッセイを連載していて、それがエッセイと言ってもほとんど小説の掌編として読めるものだったから、それなら、ということでこの本の版元でもある河出書房新社の「文藝」で編集をやっていた（後に編集長になる）、阿部晴政に紹介したのがきっかけで、かれの手書きエッセイがそのまま版下として紙面に載ったのが、かれの文芸誌デビューのはずだ。その後、短い小説が立て続けに書かれるようになり、それらは連載「絶望の散歩道」として、いずれも「文藝」に載ったのだけれども、のちにまとめられて最初の小説集『マリ&フィフィの虐殺ソングブック』となった。いま単行本の巻末の初出を見ると、いちばん古いのは「あのつとむが死んだ」で、それが96年夏季号に載ったことになっているから、実質、1996年がかれの小説家デビューなのだと思う。

それで思い出したけれども、その流れで当時「新潮」編集部にいた（今は古巣に戻っている）ベテラン文芸編集者、風元正に中原昌也を紹介することがあり、渋谷の（のちに恵比寿に移ってから中原が故・マイク・ケリーとポール・マッカーシーとパフォーマンスをすることになる）P－ハウスというカフェ・レストランで三人で食事をしたのだった。この出会いはのちに『あらゆる場所に花束が……』（新潮社）となって、それまで掌編ばかりで全貌が見えず、力量を疑問視する向きもあった彼の書いたもののうちもっとも長いものとなり、第14回三島由紀夫賞を獲ることになるわけだが、これも奥付を見ると「新潮」への初出は2001年4月号とあるものの、実際にはかなりの難産で、Pーハウスからゆうに1年は経過していた記憶があるから、書き始められたのはもっとずっと前のことだと思う。

そういうわけで、中原昌也の文章の魅力について書くまでに至らなかった。それよりも、こんな多くの人たちが若くしていったのか、という思いがつのる。しかし魅力ということなら、そのうちのひとり、清水アリカが『マリ&フィフィ～』に寄せた「これを読んだら、もう死んでもいい」（しかし本当に死んでしまうなんて……）という一文に集約されている気もするので、僕としては、これまであまり触れられてこなかった、ここに至る背景というか経緯についてこの際、記しておきます。しかし、小説の単行本にこういう文章が付録でつくというのも、めずらしいよね。そしてそれに多くの人が協力するという。そういうのもかれの魅力なのかも。（敬称略）

# 漸進的に横滑りするなにかとは　―中原昌也について―

青山 真治

このアラン・ロブ＝グリエの映画を見たのは昨年末が初めてだったが、中原自身はとっくの昔に見ていたはずなのでこんな表題を提起するのはおこがましいとは百も承知である。しかし中原について思うところを書けと云われると三十年前からその名だけは知っていた『快楽の漸進的横滑り』という作品を即連想し、ただ「快楽の」という部分は相応しくない気がしてしかたないのでこうなった。たしかに中原昌也という人は「漸進的横滑り」しているのだが、ではなにが「漸進的横滑り」しているのか。いろいろ首を捻るが思いつかない。中原がロブ＝グリエの小説や映画を好んでいることはどこかで聞いて知っているつもりだが、それについてヤツと深く語らったわけでもない。そもそも中原とは読書歴も映画鑑賞歴も割と隔たりがあるので、ほとんどそういう話はしてこなかった。一度だけ、泥酔の果てに『007 ロシアより愛をこめて』のダニエラ・ビアンキの黒いチョーカーの話で盛り上がったが、のちにその話を持ち出してもヤツは記憶してなかった。音楽も絵画も好みの重なるところは乏しいはずで、要するに二十世紀末あたりから顔見知りの割には大した話はほぼしてこなかったのかもしれない。にもかかわらずいまも比較的良好な関係が保たれているのは、所詮ひととひととはそんなもんだとお互いに気づいているからではないだろうか……いや、そう言い切る自信もない。しかしそうでも言っておかないとこの文章を書き終えることも不可能だ。ただそのひとの「漸進的横滑り」を見ている、そういうものであって悪いわけでもなかろう。しかもこちらには、中原の小説や音楽や絵画が「漸進的」に「横滑り」していく眺めがたんに好きだ、という事情もある。それにしても「漸進的横滑り」とはなにかと問われてうまく答えられる気がしない。あれこれ凡庸な表現が浮かびはするけれどどれもしっくりこない。というのもそれを見た、とか聞いた、とかいう経験があるかないか、好きだなどと言っておきながらそれさえはっきりしないからだ。いったいひとは「漸進的横滑り」に成功することがあるのか。ところがそんな疑問を持つなり、成功とか失敗とかの問題ではなくあるかないか不明のそれを見たり聞いたりしたと錯覚したに過ぎないという事実に誰もがあっさり気づかされるだろう。だから世間の聡明な人々がそんな錯覚になど手を出したりしない一方、聡明でない者は錯覚ではないことを証明するために宿酔の重い頭であるかないかわからないものにむけて作業を再開、へとへとに疲れ、たまに子猫や仔犬に癒され、安酒をガブ呑みし、愚痴を垂れ流し、結局泥酔し、世にもくだらない話で哄笑し、潰れ、目覚めると金のないことを思い出してうんざりし、仕方なくまた宿酔の重い頭であるかないかわからないものにむけて作業……を延々と繰り返す他ない。実はこの繰り返しこそが「漸進的横滑り」の真の姿であるのかもしれず、誤解を恐れずに言えばすべては失敗することを運命づけられている。断っておくがこれは中原昌也の話ではなく私自身のこの二年ほどの話であって、ヤツも似たり寄ったりの可能性もないではないが多少はましであったはずで、というのもだいたい同じ期間にPR誌「ちくま」における連載で原稿を書き、それがまもなく『パートタイム・デスライフ』というタイトルで書籍化され、出版されるからだ。それもそうだしいつぞやの暑い夏の日に見たヤツの個展やライヴ演奏の充実ぶりにひどく感銘を受けた記憶もある。金さえあれば欲しい絵があったが手の出る額ではなかったし、精力的に行われるライヴに出かけたくても染みついた怠惰のために足が遠のいているのが現状だが、そんな折々に見たり聞いたりした中原は、錯覚かもしれないにしても「漸進的横滑り」をその行為において実現していたと記憶ははっきり語る。そういう感想含めて前述のとおり深く話しこんだことのない我々だが、共演あるいは対談といった形で席を共にした経験は何度かあって、先日など拙作の上映中に対談という世にも奇妙な試みを行った。映画内の出来事について語るのだから、観客はすでにご覧になった方々に必然的に限定されることになる。もちろん中原の企画である。ひどく緊張したし怒鳴られるかと心配もしたが、杞憂であった。結果、ヤツのジョークと鋭い批評眼に助けられて概ね好評だったと油断しているが、いま思えばこれもまたあるかないかのなにかを「漸進的横滑り」させる行為だったのであり、観客はそのなにかを経験したのではなかったか。もちろん経験である以上その場かぎりのことで、記録の有無に関係なく、消える。経験としての生には所有権などない。二度とごめんだというわけではないがぜひまたやりたいとも思わず、ただその行為の間にもひしひしと感じたヤツの誠実さとユーモア精神だけはこれまで一度も疑ったことはないと最後に明記しておきたい。

# 音以前の音を奏でる男

小山田 圭吾

初めて中原くんに会ったのは青山ブックセンターでした。当時の僕は六本木に住んでいて、青山ブックセンターとＷＡＶＥに毎日通う生活だったんだけど、中原くんも同じような生活だったんじゃないかな。いきなり話しかけられて、ＣＤを渡されたんですよ。しかも、そのまま僕の家に来ることになってさ。なんで来たのか覚えてないんだけど、いきなりですよ（笑）。

それ以来、近所でよく会うようになったんだけど、ある時信号待ちをしていたら、どこからか中原くんが現れて、「一緒にバンドやりましょうよ！」って言うんです。バンド名は「ボストン・ストラングラーズ」で、A面はボストンのカバー、B面はストラングラーズのカバーをやって7インチを作りましょうって（笑）。なんかもうそれだけで面白いじゃないですか。出会った日に貰った『OTIS』もすごく面白かったし、話していても楽しいし、あっという間に親しくなったんです。「アルバムを作っているから手伝ってください」って言われて、青山にある中原くんの実家に行ったこともありましたね。中原くんの部屋ってレコード、本、楽器、ＶＨＳが滅茶苦茶に散乱する物凄い部屋なんですよ。そこでギターを弾いてくださいって言われて、布団の上に座ってギターを弾きましたね（笑）。

中原くんって、音楽もそうだし、映画も小説も、なんでも本当に詳しいですよね。僕も元々は聴くのが好きで音楽を始めたし、世代が近いから重なる体験がたくさんあって、ディープなところまで話ができたんです。つまり、お互いオタクだってことなんだけどね。

でも中原くんの魅力って、知識とはまた違ったところなんだと思うんです。つまり、中原くんって全部センスで出来るじゃないですか。音楽も小説も絵もそう。技術が優れているからとかじゃなくて、センスから作品が生まれている。そこがなにより魅力的で、その印象は九五年に会ったころからずっと変わらないですね。

二〇一六年のことだけど、宇川（直宏）くんの企画で、ブルース・ビックフォードっていう人のクレイ・アニメ映像に、僕とBuffalo Daughterの大野（由美子）さんと中原くんの演奏でコラボレーションするという機会があったんです。中原くんとの演奏って、すごく面白いんですよ。その時は中原くんが真ん中で、僕と大野さんが両脇にいたんです。開演前、ステージには幕が下がっていたんだけど、中原くんは椅子の上に立って、機材の上に足をのっけてずーっと立ってるの。それで幕が上がりだしたんだけど、ちょうどお客さんから見えるぐらいのところで、ガッと降りたんです。「え、降りるんだ!?」って（笑）。それで、映像にあわせて演奏したんだけど、エンディングのクレジットが流れてきたから僕も大野さんも演奏を終えたんですね。でも中原くんはずーっと音を出しているんです。そのうち映像も消えて会場は真っ暗になったんだけど、それでもずーっとずーっと音を出し続けているわけ。しょうがないから僕も少し音を出したんですよ。そしたら中原くんはすぐ止めるの（笑）。演奏って普通だったら呼吸を合わせるみたいなところがあるけど、中原くんはそういうんじゃないんだよね。只々「マジか!?」って体験で、こんな人はなかなかいない。

中原くんのそういうところ、つまり演奏や作品と人柄って、すごく繋がっているんじゃないかと思うんですよね。音とか音色が面白いのはもちろんなんだけど、どういうタイミングで音を出すのかとか、演奏以外の振る舞いとかって、実は演奏にすごく繋がっているし、影響するんです。だから一緒に演奏して感じるのは、中原くんの演奏以前の演奏、音以前の発想の豊かさとか面白さなんですね。それこそアート（・リンゼイ）さんなんて、中原くんのことを「先生」って呼んでるんだよね。アートさんもセンスの人だし、ノイズの人だし、すごく自由な人だし、常に周りを楽しませようとしてくれる人だから、似たところがあるんじゃないかな。中原くんはいろんな表現をしているけど、音以前にある発想の豊かさこそ中原くんのセンスなんじゃないかと思うんだよね。

確か九六年ぐらいだったと思うんだけど、僕と中原くんと砂原（良徳）くんと常盤響さんの四人でロスに行って、みんなで買い物とかして遊んだ……だけなんだけど（笑）、それが雑誌の記事になるという、すごくバブリーな企画があったんですね。その時の中原くんはすごく楽しそうだった。みんなで山の上でご飯を食べた後、中原くんは広い岡の上を「ハハハハハハハ」とかいって笑いながらスキップして。こんなに楽しそうな人は見たことがないって感じだったんだよね。しかもその笑いはすごく渇いた笑いでさ。渇いているのに岡の上を滑るようにスキップして……中原くんの小説のような出来事だったね。（談）